森林家族

劉京科・著

森林家族

CONTENTS

CONTENTS

1・小精靈

幾年前的一夜，獵人哥哥剛剛睡下，就做了一個奇怪的夢，他夢見一朵大大的雪花，從遠遠的北方飄啊飄啊飄到他的面前，雪花變成了一位純情大方的少女。

少女微笑著對獵人哥哥說：「獵人哥哥，我是小雪花冬冬，三天後的早晨我將隨著我的姐妹們來到人間，來到美麗的森林。我想在森林裡與大樹爺爺、老虎伯伯、小鹿姑娘、喜鵲大嬸，還有大灰狼、小刺蝟、小青蛙、小兔子，及獵人哥哥您一起，在這森林中享受自然之樂。你能迎接我的到來嗎？」

獵人哥哥看著叫冬冬的雪花，一個曾經在哪裡見過，卻又說不上見過，心靈上熟悉得很的小姑娘。

他說：「小冬冬，哥哥很歡迎你啊，我會迎接你的，但我不知道哪一片是你。」

小冬冬說：「那天早晨的七點七分，你出門站在老柳樹下，在你的正上方飄來的那朵大雪花就是我。等飄到你面前的時候，請你把我接住。」

「接住了你，你還會要化掉的啊，我不知道用什麼辦法讓你今後在森林裡生活。」獵人哥哥又說。

「這沒問題，」叫冬冬的小姑娘繼續說，「你接住後，把我放在柳樹旁的雪地上，用容納我的地上的那些雪堆一個雪人，把雪人堆到老柳樹下的陰涼處。你要好好守護，不要讓任何小動物們打擾它，等七七四十九天以後，我就可以與你和整個森林裡的夥伴們生活在一起了。」

小雪花姑娘冬冬說完，就一下子消失了。

夢中的獵人哥哥一下子驚起，他翻身下床，推開門看看天，呵！入冬的第一場雪在不知不覺中飄飄揚揚地往下落呢。雪來了，雪純潔無瑕，雪是冬天的精靈，有雪的日子真好，獵人哥哥看著蒼茫大地，看著森林在慢慢變白，雪落森林靜無聲，在這萬籟俱寂的時分，看看天地渾然一體，一片純潔，他心裡十分愜意。

望著紛飛的雪花，獵人哥哥心想：「如果眼前有那位雪朵做的小姑娘，自己手拉著她的小手，一起看雪朵，一起聽雪聲，一起在這片大森林裡享受，那應該是一種至高境界的的美。」想到這裡，獵人哥哥心中蕩漾著一種特殊情感，他極盡目光望著夜色的雪原，盼三天後的那個早晨的到來。

獵人哥哥是個誠實守信的人，三天後的早晨，他早早起床。其實，他怕耽誤了迎接小雪花，一夜都沒睡好。天濛濛亮，他就來到門前的老柳樹下，他生怕錯過了一個與雪朵的精靈冬冬見面的好機會。答應幫助她為來到森林生活實現願望，是一種高尚的承諾，「君子一言，駟馬難追」，男子漢守誠守信天經地義。

天陰得很，雲層厚厚的，真的要有一場大的雪降落了。已經是漫山遍野的白，再有一場大雪，銀裝素裹的世間不就更美了嗎？雪是老天爺送給人間，特別是孩子們的最好禮物。瑞雪啊瑞雪，你不但兆豐年，更是給人們一種恬靜的生活、平和的胸懷！

雪花兒飄起來了。開始雪下得不大，雖沒有那小鹽巴顆粒似的雪粒打得樹枝沙沙作響的聲音，卻讓獵人哥哥讀出一種美妙。他仰望天空，在盼那朵大雪花的到來，如同約會心上的戀人，約會那純情的姑娘一般。

「她真的會如約而至嗎？」獵人哥哥自己問自己。

「會的，」他又自己答道，「這是一種約定，與冬冬共同的約定。」

一會兒雪落得大了，雪下得急了，七點七分，一朵從天國飄來的雪花是那麼美麗！獵人哥哥仰頭看去，那雪花像一朵潔白盛開的蓮花，她不急不躁，不聲不響，往森林落著，往人間走著，往獵人哥哥的身邊飄來。

獵人哥哥虔誠地張開雙手，接住那個晶瑩剔透、閃爍著美麗柔光的大雪朵。他知道自己手中托的是一個生命的轉換，是天國雪朵對美好森林、美滿人間的嚮往，他感到了責任的沉重。

獵人哥哥把那個大雪朵小心地放在老柳樹旁邊的雪地上，然後虔誠地用手捧起大團大團的雪，一捧捧，一團團，他把雪捧在一起，用心地堆了好大一個堆，然後把那個大雪朵放在雪堆的中心。接著，他按照夢中的情形，堆出一個小姑娘模樣的雪人來。不一會兒，一個美麗的雪姑娘在獵人哥哥的巧手之下做出來了。

獵人哥哥手可巧了，又為小冬冬安上鼻子、眼睛和耳朵。只見那雪做的小姑娘小臉圓圓的，不胖不瘦，面部溫柔善良，鼻樑高高的，面帶微笑，沒有憂愁傷感，讓人一看，是一個完全與夢中一樣的小姑娘。

「哦，這麼漂亮的雪姑娘啊！」

森林裡的喜鵲大嬸來了，小鹿來了，兔子大叔來了，小老虎來了，大灰狼哥哥和大灰狼嫂嫂也來了，他們為獵人哥哥的心靈手巧喝彩。

獵人哥哥精心守護在小雪人姑娘身旁。

一天，黃鼠狼嫂嫂從獵人哥哥家前路過，一看獵人哥哥這麼專心地守護一個雪人，就嘲笑說：「獵人哥哥，世上我想沒有比你再傻的人了，為一個雪人這樣守護，值得嗎？你也太癡情了。」

獵人哥哥沒有回話，他想他不需要回話，爭論是沒有必要的，值不值得是各人的感覺和判斷，在別人看似一文不值的東西，說不定是他人心中奉為至寶的事物呢。

看看獵人哥哥連話也不回，黃鼠狼嫂嫂很掃興地離開了。

老虎伯伯聽說了獵人哥哥為了守誠守諾，專心在守護一個雪人的故事後深為感動，他主動來到老柳樹下，對獵人哥哥說：

「獵人哥哥，我來替你看護，有我在，你就放心好了，誰要是想來動一下你的雪人姑娘，我就讓他付出生命的代價。」

就這樣，老虎伯伯與獵人哥哥一同守護著雪姑娘冬冬。

十天，二十天，時間一天天地往前過，六七四十二天，七七四十九天。四十九的這一天終於到來了。春天到來了，這天的陽光很燦爛，百靈鳥和她的姐妹們、孩子們，森林裡所有的鳥兒們叫得分外清脆，獵人哥哥焦躁地守候在他那已經變得很瘦很瘦、看樣子再也無力支撐下去的雪人身邊。

溫暖的南風吹拂著，柳枝返青，太陽公公的臉上笑得特別讓人舒心。然而，它越是笑，雪人兒越是痛苦，曾經美麗的雪姑娘已經變得不堪入目。望著那曾經美如天仙的雪人姑娘，獵人哥哥揪心地難受，他輕輕摸摸一下那即將走完一個冬季路程的雪人，淚不由自主地落在了她的身上。

陽光更強，春風更暖，強烈的陽光下，柔柔的春風颳著，雪姑娘冬冬在痛苦地融解，她完全化作一灘雪水了。雪水滋潤著老柳，滋潤著大地，滋潤著一方土地上即將露頭的小草。獵人哥哥仰天長歎，他閉上了眼睛。一切都靜止了，風不再颳，鳥不再叫，讓他靜心回味曾經的一段美好。

忽然，獵人哥哥感覺身後有人在拽動他的衣服。他睜開眼一看，一個漂亮的小女孩，一個小精靈，在他身後的影子裡，一臉羞人答答、含情脈脈地望著他。

「哦，這不是我的小雪人變幻出的小精靈嗎？」

雖然她還那麼瘦弱，她的微笑卻讓獵人哥哥心動，獵人哥哥那死沉的心一下子活起來，他急忙抱起那個小精靈向家走去。

獵人哥哥回到家，把那個雪化的小精靈放在床上。

他微笑著輕聲問她說：「哥哥的小精靈，你終於來到森林了，來到人間了，你高興嗎？」

纖弱身子的小精靈點點頭。

「今後，我會像大哥哥一樣保護你，讓你感覺人間的溫暖，與哥哥在一起，心在一起，我們共同享受這世間自然美妙的一切，好嗎？」

小精靈又點點頭。

「你是上蒼在冬天送給森林的最聖潔的禮物，哥哥給你起個名字，就叫冬子吧。」

獵人哥哥又說。

小精靈又點點頭。

從此，獵人哥哥的身邊多了一個可愛的小精靈——冬子。森林裡又多了一個美麗的故事，又多了一份歡樂。

2·採雪花的小蜜蜂

冬天來了，蜜蜂們要過冬了，一隻叫小小的蜜蜂仍在和酷愛冬天、酷愛雪花的小精靈冬子談個沒完。

小蜜蜂小小說：「冬子，你把你的小房子修整得嚴嚴實實了嗎？冬天就要來了，你過冬的一切準備好了嗎？」

冬子說：「房子修好了，過冬的其他事情也都準備好了，我的柳樹哥哥給我做了一件用柳絮填充的厚棉襖，有了那件棉襖，再大的嚴寒我也不怕了。小蜜蜂，冬天的景致特別美麗，那種浩渺壯觀情景是你在春、夏、秋裡看不到的。它滄桑厚重，雖然沒有勃勃生機，卻顯示出無與倫比的堅毅和剛強。它是那麼的莊嚴，這種莊嚴是其他季節不能比擬的。」

「那冬天有花朵嗎？」小蜜蜂小小好奇地問。

「冬天當然有花朵了，」冬子說，「它有著世間最純潔、最美麗的花朵，它來自天國，是上帝在無花的季節送給人間最珍貴的禮物！」

小蜜蜂一聽來自天國，是最純靜、最潔白的花朵，是送給人間最珍貴的禮物，就動心了。

小蜜蜂問：「那它是什麼樣的花朵呢？」

「哦，那是雪花。」冬子說。

「冬天還有其他花兒嗎？」小蜜蜂又問。

「當然有了，」冬子興奮地說，「春節到來，鞭炮炸響，人們在喜慶的日子往窗子上貼上五顏六色祝福的窗花。還有那絹花、紙花，那些花朵上不但有你要採的蜜，還有你沒曾採到過的溫馨。」

小蜜蜂一聽冬天還有牠沒有見過的那麼多美麗的花朵，回家對媽媽說，牠要留下來採雪花。

媽媽聽了哈哈大笑說：「小小，你這小傻瓜，冬天哪有花啊！十一月，百草百花都被嚴霜打死了。」

「冬子姐說有雪花呀！」小小說。

蜜蜂媽媽一聽更樂了，說：「雪花並不是花，就像我們看到的棉花、蝦皮一樣，棉花其實不是花，是果實，蝦皮也不是蝦的皮，懂了嗎？雪花就是雪，雪是沒有花的。我們蜜蜂，哪有採雪花的啊！」
「那我要做第一個採雪花的小蜜蜂。」小小很有志氣地說。
「冬天太冷了，會凍壞你的啊。」媽媽說。
「你給我做一件充滿柳絮的厚厚的棉襖，我不就不怕冷了嘛！」小蜜蜂說得很堅定。
「現在不是春天，已經沒有柳絮了，我到哪兒去給你找抵擋嚴寒的厚棉襖啊？」蜜蜂媽媽說。
「那我找冬子姐姐去，她會幫我想辦法的。」倔強的小蜜蜂說著就飛出了家門。
小蜜蜂找到了小精靈冬子，告訴她自己的決定。
冬子一聽小蜜蜂要留下來採雪花，就勸牠說：「你還是隨媽媽一起去過冬吧，冬天實在是太冷了，鬧不好你會被凍傷的。」
小蜜蜂滿懷憧憬地說：「冬子姐姐，你不是說雪花是來自天國的花朵，是上蒼賜給眾生靈的最好禮物嗎？我要看看它的潔白和高雅，我想那花兒上面一定有著最甜最甜的花粉，我要採雪花上的甜花粉，釀出讓所有人激動的精純的蜂蜜來。」
冬子被有著遠大理想的小小蜜蜂感動了，她說：「冬天太冷了，要採雪花，你得準備好過冬的棉襖啊！」
蜜蜂小小說：「冬子姐姐，我就是來讓你幫我想辦法的，我可是很想跟你一起看雪花如何開放，享受雪天的美景呢，我要採好多好多雪花。不但採雪花，我還要看窗花的秀美啊！」

冬子看看眼前這個有志向的小蜜蜂，心想：「我一定得幫幫牠，讓牠採到雪花，成全牠採雪花的心願！」冬子想起柳樹哥哥收集的柳絮來，那可是上好的保暖材料，用它做的棉襖既保暖身，又暖心。

「一定要讓勇敢的小蜜蜂採雪花！」冬子想到這裡，便和小蜜蜂一起來到柳樹哥哥的跟前。

冬子把小蜜蜂要採雪花的實情一說，柳樹哥哥就高興地說：「我還真的存有一些柳絮呢，我這就拿出來，讓喜鵲大嬸給小蜜蜂做一件合身的棉襖。」

一件抵擋寒冷的柳絮絨子的棉襖幾天內就做好了。就這樣，小蜜蜂做好了一切採雪花的準備，牠要成為第一隻採雪花的小蜜蜂。

北風一天比一天颳得緊，冷風吹來，吹得小蜜蜂身上涼颼颼的。

天越來越冷了，不見了小黑熊，不見了小蛇，也不見了小刺蝟和小螞蚱，就連小老虎也待在山洞裡很少出來。冬子告訴小蜜蜂，此時的小黑熊、小蛇、小刺蝟都進入冬眠狀態，已經冬眠了。

轉眼大雪天氣過了，天冷得讓所有的小動物都躲在家裡不出門。盼快快開雪花的小蜜蜂呢，日日望著天空。

一天，一陣雲飄上來，小蜜蜂有些害怕地問冬子：「這是要下雨了嗎？」

冬子說：「別怕，這是雪婆婆要來了，雪花就要開放了。」

大雪說來真的來了，美麗的雪朵從天而降，天空中盛開著一朵朵漂亮的雪花。大雪，這個美麗的季節，小蜜蜂第一次看到那麼多潔白的花朵，它是那麼美，讓棵棵樹上都怒放著梨花。看著雪花，小小有著說不出的高興。牠是一隻勇敢的小蜜蜂，牠飛向雪朵，擁抱那從天而降的雪花。那晶瑩剔透的雪花水晶一般，它讓小小在雪朵上聞到了前所未有的一股清香，那純粹的香氣是那麼清新，那麼天然！那是一種清純、不含任何雜質的香，浸心潤肺。聞到雪香的小蜜蜂高興極了，牠高興地唱起了歌兒，牠是第一個採到雪花的小蜜蜂。

瑞雪兆豐年。

深冬，大雪飄飄。天那麼冷，人們喜氣洋洋的精神樣貌讓小蜜蜂感動極了。紅紅的窗花貼上了，那紅紅的窗花透著喜慶，這是百姓最快樂的季節。小蜜蜂趴在窗花上，這些花朵是從人們的手上開放的，小蜜蜂感覺這是人世間最美好的花朵。牠趴在這些花朵上，再看看慶祝豐收的禮花綻放在天空，心裡有著說不出的愜意。牠要告訴媽媽，白的雪花、紅的窗花、天空中的禮花，這個冬天讓牠感受到了前所未有的喜慶。真美！真美呀！

3・紅燈籠

柿子紅了，所有的柿子樹上都像掛滿了紅燈籠。

獵人哥哥心想：「飄雪的時候，要是把這些紅燈籠掛到各家各戶的門口，就如同紅通通的火苗在燃燒一般，在白皚皚的雪天裡，那會顯得多麼地祥和、耀眼，它預示著來年的希望，那該是多麼好的事情啊！」

幾年前，獵人哥哥就栽下了這一片柿子樹。柿子樹橫七行，豎七行，共計七七四十九棵。今年柿子結得特別多，棵棵掛滿了紅澄澄的果實。秋風婆婆把樹葉兒一颳，葉兒「嘩啦啦」一掉，呵，滿樹就剩下了千百盞紅燈籠。紅紅的小燈籠人見人愛，那個饞嘴且調皮的小松鼠還乘獵人哥哥不注意，光顧過這兒兩趟，悄悄地偷走了兩個大柿子呢。

這是一幅多麼美麗的風景！獵人哥哥很愛他親手培植的這片風景，他決定在一個特殊的日子，把這片風景送到森林裡的各家各戶，讓每一家的門口都掛上紅紅的小燈籠，來年都有火紅興旺的生活，讓自己的風景分散到整個森林的各個角落。

於是，獵人哥哥準備起來，他在四十棵柿子樹上，每棵留下六十個柿子，讓它們點燃六十盞紅燈籠。另外的九棵呢，那是獵人哥哥為那些小饞嘴們準備的，你想，要是小松鼠、小老虎來要柿子吃，獵人哥哥能不給嗎？

什麼時間把這一盞盞的小燈籠掛到各家各戶的門口呢？獵人哥哥左想右想，他想到了為孩子們送去祝福的聖誕老人。「聖誕老人在聖誕之夜，把一份份美好的祝福送到千家萬戶，我為什麼就不能在聖誕之夜把這些紅燈籠掛到他們的門口呢？」想到這裡，獵人哥哥笑了，他要在聖誕之夜裝扮成聖誕老人，要小鹿拉車，他與他的小精靈冬子一起，把紅紅的小燈籠掛滿森林，掛滿山崗。

他在等待耶誕節的來臨。

森林的冬天來了，第一場雪下得特別大，漫山遍野銀裝素裹。接著，第二場雪很快又來了。獵人哥哥站在雪地裡，看那滿樹上掛著的紅通通的柿子，白雪，紅柿，老樹，多麼大情大美的景致啊，這種感覺真舒爽。看看這雪景，看看雪景中的紅柿子，光是觀賞本身就是一種大美的享受！獵人哥哥為自己有這麼一個能裝扮森林的想法和目標而自豪。

等下第三場雪的時候，耶誕節就近了。

耶誕節在期盼中終於來了，獵人哥哥特意做了一身聖誕老人的紅衣服，他把樹上的柿子全部摘下來，準備好了車輛，把紅紅的柿子分組在車子上放好，再把那白鬍子在嘴巴上粘好。他對著鏡子照了一下，活脫脫的一個聖誕老人，呵，本身就是聖誕老人啊，獵人哥哥忍不住笑了。

獵人哥哥和他的小精靈冬子、美麗的小鹿一起，為了森林大家庭的歡樂，出發了。夜黑雪白，聖誕老人、冬子、小鹿和拉滿一車小燈籠的車輛，一幅好大的原始版畫，他們的這一行動為原始的版畫增加了動感。

他們先給住在高高大樹上的喜鵲大嬸送上兩隻紅燈籠。喜鵲大嬸可是個好人，牠不辭勞苦地為大家報告喜訊。

獵人哥哥說：「挑兩隻最大的掛在喜鵲大嬸的門前。」

冬子就挑了兩隻最大的。燈籠一掛上去，喜鵲大嬸的家門就被映紅了，映出的是一片喜慶。

旁邊是小刺蝟的家。

「小刺蝟冬眠了，不要驚動牠了！」

他們悄悄地在小刺蝟的家門前也掛上了兩隻紅燈籠。

小刺蝟家的旁邊緊接著小蛇的家、小兔子的家、小鼴子的家，他們一一為牠們掛上了紅燈籠。

他們來到老黑熊的家門前。小精靈冬子和老黑熊在夏天時發生過口角，那是冬子和小黑熊鬧著玩時，把小黑熊惹惱了，正巧被路過的老黑熊看見，老黑熊認為自己的孩子吃了虧，就恐嚇冬子。冬子想想當時的情景就生氣，但寬容是每一個人應該具備的品質，冬子還是上前給老黑熊家掛上了兩隻紅燈籠。

凌晨兩點，他們一行來到老虎居住的那座山崗。冬子想：「在老虎家門口，讓兩個大紅燈籠亮起來，明天一早，老虎伯伯肯定會高興地震天一吼呢。」

所有的紅燈籠都掛出去了，掛在了森林動物們所居住的家門口。獵人哥哥和冬子、小鹿登上一座高高的山崗，森林裡一千二百家小動物的門口，每家一對紅燈籠，紅紅的燈籠一起亮了起來。

雪落著，白雪皚皚，紅紅的火苗映著白雪，天地一片蒼茫，蒼茫之中透著生機與祥和。

4・彩色畫石

緊靠森林有一條烏蒙河，烏蒙河河灘上，到處都是石塊。

這一天，小鹿姑娘到河邊喝水，突然，牠發現旁邊那塊不大的石頭上好似一幅彩色的畫。牠忙過去把石頭翻起，這一翻真的讓她牠震驚了，只見石頭另一面上，竟然是一幅壯觀的五彩寶貝畫石。

石塊上的顏色好鮮豔，翠綠欲滴的樹叢綠草間，花兒在開放：淡淡的粉紅，婉若桃花初綻；黃呢，則像美人蕉的黃花，黃得金光燦燦。草叢中，好像還有小動物在活動。整個畫面看似花朵卻不像花朵，是動物吧，又看不出動物的真正樣子。很會欣賞藝術的小鹿知道這是一幅很難得的抽象藝術畫，牠從沒見過這樣的天然彩色石畫，牠呆呆地看著石畫，那神情簡直就是驚愕。

這麼豔麗的石塊，這麼美的樹叢、花朵，給小鹿姑娘一個意想不到的驚喜，牠想這麼寶貴的東西不能放在這裡，應該儘快把它搬到一個安全的地方。

搬到哪兒去呢？無私的小鹿姑娘想：「石畫是自然的，是大家的，應該搬到森林廣場，讓森林的所有居民都欣賞這幅美麗的天然彩色石畫，擁有這天然的石畫。」於是，小鹿使盡了全身力氣搬動那彩色石塊。

遠處正在採野果的猴子大哥看見小鹿姑娘在很神祕地弄石頭，牠有些好奇，就手攥幾個果兒，偷偷走近小鹿。

猴子大哥一看，心裡恍然大悟：「哦，原來是一塊彩色的畫石啊。」面對這麼美的一塊彩色石頭，牠首先想到的是：「要是放在我家裡該有多好啊，它可是價值連城啊！我要是得到了這一塊帶彩色畫的石頭，在整個森林就可以稱得上最富有的啦！」

聰明的猴子大哥立時起了貪心。

猴子大哥的眼珠一轉，上前對小鹿姑娘說：「小鹿妹妹，這彩石，放在這裡不保險，要是讓老黑熊知道了，牠一定會說是牠放在這裡的呢！我在這裡守護著，你趕快回家叫人來搬好嗎？」

單純的小鹿姑娘一聽，心想：「也是，放在這裡，如果讓那個霸道的老黑熊知道了，牠要是耍賴，說是牠的，或是被牠給藏起來了，怎麼辦呢？」於是，小鹿就讓猴子大哥守護畫石，牠回家叫人來搬。

猴子大哥看著小鹿的身影漸漸遠去，牠小鹿真的走遠了，就「嘿嘿」一笑，把手中的幾個野果朝河水裡一扔，用力搬起那彩色石塊，從另一條小路，三步併作兩步，急火火地向自己的家中走去。

彩色石塊太沉了，壓得猴子大哥走幾步就得歇一會。雖說是很累，但看看彩石上的美麗花朵，猴子大哥為成功哄騙了小鹿而暗自得意：「自己可是整個森林中最有智慧的人啊，要是沒有智慧，能把小鹿哄走，把這大塊的彩石歸到自己的手裡嗎？彩石畫啊，這帶畫的彩石起碼同羊脂玉一樣的價值呢！」猴子大哥心裡美滋滋地想著，也顧不得累了，牠又揹起沉重的彩石往家趕。邊走牠邊興奮地哼出了聲：「呵呵，這塊彩色畫石就這樣歸我猴哥了。」

再說小鹿姑娘回到森林，牠首先找到了獵人哥哥。獵人哥哥得知小鹿姑娘發現了彩石的事情後，忙與喜鵲大嬸、小老虎、小精靈冬子一起匆匆往烏蒙河灘趕。

大家很快到達河灘。河灘上，哪有什麼猴子大哥！小鹿傻眼了，牠一遍一遍地呼喊猴子大哥，卻沒有任何回應。大家立時議論紛紛，說肯定是猴子想獨吞畫石。氣得喜鵲大嬸一個勁地罵：「該死的猴子！」倒是獵人哥哥很沉著，他冷靜地一想：「這隻狡猾的猴子的小心眼子太多了，他是想把彩色畫石占為己有。」

獵人哥哥想了想，對大家說：「猴子牠準是走了小道，現在正在回家的路上。」

「那我們怎麼辦呢？」喜鵲大嬸問。

「有辦法，」獵人哥哥說，「我們到猴子大哥家門不遠的地方等牠，牠一會就會到的。這個精明的猴子，這回讓牠的精明反被精明誤，讓牠為大家出出力氣，做貢獻。出了力還得向大家說好話。」

「那怎麼讓牠把畫石拿出來，還得說好話呢？」小精靈冬子不明所以地問。

獵人哥哥笑笑說：「你等著看結果就好了。」

於是，獵人哥哥帶領眾人一起從另一條小道上，往猴子大哥住的老窩趕。

眾人在離猴子家門不遠的地方停下來，靜靜地等猴子大哥的到來。

這會的猴子大哥呢，揹著又重又沉的石塊一步一步前行。做賊心虛，邊走牠還要不時停下來聽聽路旁有什麼動靜。在偏僻的小路上，走走停停，加上彩色畫石塊特大，這回可把牠累壞了。那麼大的石塊，壓得牠腰也駝了，背也彎了，活像隻烏龜，氣喘吁吁。

終於到家了。就在猴子大哥正要踏進家門口的時候，獵人哥哥、喜鵲大嬸、小鹿他們忽然從暗處走了出來。

獵人哥哥樂哈哈地打招呼說：「猴子大哥，你好！」

身揹大石的猴子大哥聽聲音抬頭一看，是獵人哥哥，牠一下子驚呆了，彩石壓在背上，牠張著嘴想說什麼卻說不出來。

獵人哥哥接著說：「猴子大哥，你真的是個好鄰居，自己一個人要把小鹿姑娘發現的彩色石畫揹到森林廣場去，你真是為咱們森林居民做了一件大好事啊！」

猴子大哥一看眾人臉上都怒瞪著一雙雪亮的眼睛瞅著牠，看來自己想獨吞彩色石畫已經沒有指望了，於是心裡靈機一動，馬上順著獵人哥哥的話說：

「是啊，我在河灘上看你們不去，我怕讓老熊知道後給弄走了，牠要是揹到自己家中據為己有那多不好啊！我就把彩石給揹回來了。我剛才正想把石頭揹到森林廣場去呢！為咱們整個森林大家庭做出貢獻，出點力是應該的。」

「同時你也鍛鍊了身體啊！」喜鵲大嬸諷刺地說。

「那是，那是，我真的也鍛鍊了身體。」猴子大哥苦笑著應聲不迭說。

小心眼的猴子大哥就這樣很無奈地受了一回累，把美麗的彩色石塊揹到了廣場上。森林廣場上又多了一道風景，眾人「呵呵」地笑了。

5．雪絨花

天仍在往下飄雪。森林裡所有的小動物們都懶得起床，牠們都想乘著下雪天好好地睡個懶覺。

雪落森林靜無聲。棵棵大樹的樹幹上、樹枝上掛滿了雪朵，地下銀白一片，這是多美的意境啊！勤快的獵人哥哥早早站在雪地裡，仰望著天空。那神祕莫測、灰濛濛的空中像是一個極大的口袋，口袋裡裝的全是雪絨，雪公公正敞開袋口，不停地往下撒著雪朵呢。

望著從天而降的雪朵，獵人哥哥在圓他的夢，他想他的冬子。

前天夜裡，他在夢中遇到了白衣服、白帽子、白鬍子的雪爺爺，他告訴雪爺爺，他的小精靈冬子不知到了什麼地方。

雪爺爺說：「大雪來臨的時候，你要伸出雙手，虔誠地去接下大朵大朵的雪絨花。只要有一朵特大特大的雪絨花落到你的手上，你的冬子就會走到你的面前。」

獵人哥哥和冬子早就約定好了，在那小草生長、花兒開放的日子，他和他的小精靈將一塊走向田野，走向山崗，走向小河旁。他要冬子變成一個六七歲活潑可愛的小姑娘，他再回到二十多歲，一個大哥哥牽著他的小妹妹的小手幸福地走著。過河時他要揹起她，讓清澈的湖水映出他們的倒影，讓那些可愛的小魚兒在倒影中眼饞得穿梭般游動。走在山崗上的時候，他還要邊走邊採那盛開的、未開的石竹子花，採老鴰花，採老鼠球花，採粘粘朵送給他的冬子，讓冬子用小手舉著山花，讓所有的小草、小樹、小螞蚱看山花兒在春風中舞蹈。

時光老人偏愛正直善良的獵人哥哥，給了他那麼多的夢想和夢境，這些夢想和夢境都讓獵人哥哥捕捉到了。恍惚間像是在沂蒙山中的那個千年古鎮青駝寺，東圍子村前海濱家的東面，兩棵合抱粗的大樹葉芽未出，卻先綻放了滿樹淡黃色的特大花朵，那花朵多瓣，似牡丹又非牡丹，像玉蘭卻不是玉蘭。這是獵人哥哥從未見過的稀有花樹，他曾經夢到過的卻從沒謀面的稀有花樹。

那是在烏蒙河岸邊的樹林裡，那裡面有多棵讓他激動而新奇的花樹，其中一棵也是這麼一抱多粗。他清晰記得，開的花既像木棉又像玉蘭，卻既不是木棉又不是玉蘭的單瓣大紅花朵，那紅色是紅得欲滴的鮮豔的紅，那種鮮豔早凝在了他的心裡。

現在，高貴淡雅的淡黃色花朵留在頭腦的意象中，眼前切切實實可見的卻是這從天宮而降的雪絨花。天空飄來天宮的花，這花朵朵潔白無瑕，這是純真的冬子到來前的天女散花，是雪爺爺鋪下的最聖潔的地毯。

森林深處，老虎一聲吼，千山萬壑回應，把樹上的雪抖落。

雪仍在飄，獵人哥哥的雙手仍在虔誠地接著雪朵。他想：「我的冬子到哪兒去了呢，是去看那個參娃娃了嗎？」春、夏、秋三季有尋山的山民，儘管參娃娃旁邊有護寶的大蟲，但冬子也怕那可愛的參娃娃讓山民尋了去。現在是冬日，那護寶的大蛇冬眠了，雪絨花變成一床厚厚的棉被，讓參娃娃在長冬裡舒服地睡個大冬覺呢。

獵人哥哥的雙手上落了好多好多的雪，美麗的雪絨花開放在獵人哥哥的手上。眼前，他日思夜想的小精靈冬子高興地蹦跳著而來。他定神仰臉向天空一看，呵，一片大大的雪朵正在往下飄落！雪爺爺把他的冬子給獵人哥哥送來了，美麗的雪絨花，多麼美麗的雪絨花啊！它飄飄搖搖，不躁不急，以一種天女下凡的神韻，落在了獵人哥哥的手上。

獵人哥哥高興得眼淚都流出來了。他把大雪朵舉到眼前，好一朵美麗的雪絨花，晶瑩剔透，潔白無瑕。聞聞，它有真水無香的品質。是啊，這朵最美麗的雪絨花來自天國，帶著深情與祝福，帶著對獵人哥哥執著的回報來到人間。獵人哥哥知道，接住了這朵雪絨花，他的冬子就從遙遠走近於現實。

一把聲音從遠處傳來，獵人哥哥靜聽，是一首兒歌，哦，是他的冬子唱的兒歌：

雪絨花，雪絨花，
雪的潔白，
玉的無瑕，
嚴寒中綻放出美麗，
天國裡送給人間的一朵奇葩！

獵人哥哥捧著那大朵美麗的雪絨花，在等待森林深處那個天真無邪的童聲向他走近。

6・種星星

天上的的星星是誰的眼睛？正同時在不停地眨著呢。小精靈冬子和獵人哥哥坐在綠茵茵的草地上望著星空。

看著天邊的一顆星星，冬子說：「獵人哥哥，那顆星星是小熊的眼睛，旁邊那顆是小兔子的眼睛，對嗎？」

「對。」獵人哥哥點點頭說。

「哪一顆是小老虎的眼睛呢？」獵人哥哥問冬子。

「小老虎的眼睛嘛，應該是最亮的。」冬子略加思索後答道，接著瞅著天空搜尋最亮的星星，很快一指正中的一顆說：「那一顆是。」

「那哪一顆是小鹿的眼睛呢？」獵人哥哥又問。

冬子想了想說：「小鹿的眼睛嘛，應該是善良溫存的。」

她又找到了一顆小鹿的眼睛。

一陣清涼舒爽的微風吹來，獵人哥哥和冬子有著說不出的愜意。

小精靈冬子幸福地偎在獵人哥哥的身上，她央求獵人哥哥說：「獵人哥哥，你要給我摘一顆星星嘛，我要。你要是能摘一顆星星送給我多好啊！」

獵人哥哥輕輕地撫摸冬子的臉，微笑著說：「我會的，但不是一顆，我要種出滿天的星星送給你。」

聽獵人哥哥這麼一說，冬子高興得一下子來了精神，她仰望星空，感覺天上的星星正開心地眨著眼睛呢。

好大一會，冬子轉過臉對獵人哥哥說道：「獵人哥哥，摘一顆就可以，我要一顆就足夠了。」

獵人哥哥把冬子抱起，溫柔地說：「你就是我的小星星。」

接著，獵人哥哥小聲且神祕地對冬子說：「冬子，星星是能種的，我和你一起種星星好嗎？」

「那我們要怎樣種？把星星種在什麼地方呢？」冬子問。

「種在水盆裡，它就能生長出來。」獵人哥哥答。

「那我們如何下種呢？」

「不用下種，只要有水盆，它就會長出來的。」

於是，他們找來好多水盆，把水盆一溜排開，所有的水盆都盛滿了水。一溜水盆裡，獵人哥哥讓冬子往裡面瞧。天，水洗的一般清新，每個水盆就是一個天空。呵，水盆裡面果真都長出了燦爛的小星星，星星都在水裡不停地眨著眼睛。

好奇的冬子看了好大一會，她抬頭看著獵人哥哥說：「哥，這些星星能長多大？它能把水盆給撐破嗎？」

「不會的，一會我們就把它放進湖裡，放進河裡，讓它們在湖裡長大。」

「那它不會把湖撐破嗎？」冬子又問。

「湖是不會撐破的，只能越撐越大。」獵人哥哥說。

「那河裡的星星能隨著水流走嗎？流走了它就回不了家，找不到媽媽了。」冬子擔心地說。

天上的星星不語，水盆裡的星星不語，在靜聽冬子和她的獵人哥哥的對話。

「哥，我點燃火把照一照，好好看看星星的樣子好嗎？」冬子問。

獵人哥哥笑著說：「冬子，星星是最怕用火照的，一照，它就會跑掉。黑夜有黑夜的好處，它能讓我們在黑色的夜裡有一種對光的渴求，讓我們在黑夜中，深深體會星星帶給我們迷人的清麗，讓我們產生出許多美好的遐想。」

「星星能種在地上嗎？我要種在地上，讓它生長，長成一棵樹，樹上結滿小星星。

明天，我就在地上挖個窩兒，把水盆裡的星星種上。」冬子說。

獵人哥哥聽了哈哈地笑著說：「好啊，到時我們擁有一棵大星星樹，結了星星後，我們把一顆顆的小星星分送給所有黑夜趕路的人，讓星星照亮每一個人的前程。」

清風徐來，捎走一串朗朗的笑聲。

7・冬子的小木屋

在森林的深處，小精靈冬子有一間很漂亮舒適的小木屋，她在那個小木屋裡幸福地度過了兩年。

漂亮舒適不一定堅固，不久她的小木屋進風了，漏雨了，灌雪了，塌陷了，她被無情地砸傷了，不得不尋找一個屬於自己的新的小木屋。

雪很大，冬子四處尋找身心安頓之處。她來到一棵老柳樹哥哥面前，老柳樹擺動著枝條迎接她。冬子看了看，老柳樹的心窩窩，正好是自己要找的溫暖的小屋。

冬子打量了打量老柳，老柳是位慈祥的哥哥。冬子想：「春天的時候，老柳樹的身邊一定是一群小鳥，是走來走去的小鹿，是頑皮的小熊，還有好多隻花蝴蝶和小蜜蜂。小蜜蜂們採著花蜜飛來，要聽柳絲絲組成的一把把豎弦琴在為春天的歌唱。」

再就是樹下青青的草地上，一定是小熊、小鹿、小麅子聚會的最好場所。冬子在想那群快樂地唱歌的小鳥，在想那忙碌著採蜜的蜜蜂，在盼那場小動物們的聚會。然而，現在不能，雪花飛舞，瀰漫的風雪裡，她的心透著涼氣。冬子看看老柳心窩窩，這裡會為自己擋寒嗎？她猶豫著，但還是把自己安頓了進去。

冬子把新家安在了老柳樹的心窩窩，在老柳樹的心窩窩中她感覺很溫暖，但她忘不掉那個曾讓她快樂的小木屋，她感覺現在的小木屋並不漂亮。

有一天，她遊蕩出去，天黑了還不見回來。第二天也沒回來。一連三天，不見小精靈冬子。「出門怎麼連招呼也不打呢？」這可把老柳哥哥急壞了，它讓小鹿尋找，讓小熊廣播，讓喜鵲大嬸通知各家各戶，如有發現冬子線索的務必及時告訴它。

漫天的雪飛舞著，森林總動員，在各路尋找著。是聰明的小鹿最先發現了迷失在雪地裡的小精靈冬子，牠上前把冬子喚醒。不知該向哪兒走的冬子需要溫暖，於是跟著小鹿回到了老柳樹面前。

一路走著，冬子突然感覺到了世上有那麼多的好心人，牠們都是她的親人，牠們對她牽腸掛肚，擔著心。她回來了，她看著大家的笑臉，她在讀一本書，這本書讓她讀懂了，大家的笑臉上是被牽掛的人幸福，牽掛別人的人同樣也幸福。

冬子住進了老柳樹哥哥的心窩裡。

老柳樹哥哥說：「冬子，你在我的心窩裡，這個小木屋雖然並不華麗，卻很質樸踏實，它不會進雨灌雪。在這裡，我不會傷害你，其他人也不會傷害你。在我這裡，想傷害你的人也傷害不到你。我還會在春天到來的時候，雪融化後，用最綠的葉兒為你做一身最漂亮的衣服。」

冬子看著慈祥的老柳，看看樸素的小木屋，心想：「是啊，雖然這個小木屋不漂亮，但它的位置是在老柳樹的心間。」於是，她點點頭應著。

老柳樹沉默了一會又說：「你住在這裡，你知道嗎？幸福是相互的，是互相給予的。有你，我會很快活，因為我有了你這個純真快樂的小朋友，這本身也是我的幸福。」

雪繼續落著，冬子不再憂傷，她感覺雪落的景致真美，她輕輕地唱起了兒歌：

老柳樹，心窩窩，
小冬子的小木屋。

從此，冬子就在老柳樹的心窩窩裡安了家。老柳樹的心，成為小精靈冬子最具溫暖的小木屋。

春天正在悄悄地走來……

8・七彩雨

一年中最後的一場雪落下來的時候，獵人哥哥要走出森林，到他出生的那個農莊中去。那裡有他的親人。

冬子戀戀不捨地把獵人哥哥送到森林邊上，她兩眼深情地望著獵人哥哥，問獵人哥哥什麼時候回來。

獵人哥哥告訴冬子，七彩雨落下來的日子，就是他回來的日子。

獵人哥哥走了，消失在冬子視線模糊的那座遠遠的山崗後面。

回到森林的冬子特別想念獵人哥哥，夜裡做夢也都做到和獵人哥哥在一起，獵人哥哥那歡歌笑語迴蕩在她的耳邊。她有時夜半起身走到院子，望望星星不停地眨眼的夜色。她想：「天啊，何時你落下一場七彩雨？」

冬子盼天快快落下一場七彩雨來。

冬去春來，暖暖的春風從獵人哥哥所在的農莊吹來，冬子仔細地聽風中是否有獵人哥哥的消息。一片雲飄來，冬子兩眼盯著雲朵，雲卻飄過去了，沒有留下任何痕跡。

這一天，有一片帶顏色的雲飄蕩在森林的上空，雲捲雲舒，冬子一看就知道這是一塊有雨的雲，它帶來的是清涼的雨滴。果真沒多大會的工夫，雨滴輕輕地從雲中飄撒下來。冬子仰望天空，雙手虔誠地接著那一個個落向大地的孩子。冬子細看手中那雨滴，真水無色，她的內心充滿激動。激動歸激動，從雨滴中卻怎麼也找不出七彩的顏色。落的雨沒有七彩，地上卻綠了。

不久又一場雨來了，這場雨後，四月八的櫻桃就紅了。

再一場雨落下來，紫藤的花兒紫紫的，開得高貴典雅。一連落下七場雨，雖說冬子沒有看到七彩，但大地已經姹紫嫣紅，呈現出斑斕的景色。

獵人哥哥還是沒有回來。

冬子在盼啊盼，等啊等。一天，天空落雨之後現出彩虹，隨後又是一陣雨，雨點兒砸在紅玫瑰上，玫瑰花兒更紅，更豔。一陣雨滴過後的間隙，彩虹又在天空出現，接下來當然又是一場雨。雨不急不緩，在黃黃的美人蕉花朵上閃動著亮亮的黃。隨後彩虹再現，又是一場小雨。雨落在青青的翠竹上，竹葉上載不動的綠就從葉尖上滴下來了。

真的是一場好雨，有這好雨，枯木逢春。雨過之後，冬子看到，那本來死掉的老榆樹上也出現了「花朵」，花朵上面含著雨。冬子知道那是黑木耳在生長，是七彩雨的一種顏色生成。

如是七次，彩虹消失。冬子猛然想到：「這不就是獵人哥哥所說的七彩雨嗎？」

第二天，天空晴朗，冬子早早起床，來到與獵人哥哥分別的地方。她向遠處眺望，她在盼望獵人哥哥的到來。

遠遠的一個身影走來，身影由小變大，冬子看清了，那是她的獵人哥哥。獵人哥哥真的回來了！

冬子的眼睛濕潤了。她飛跑上前，跑向獵人哥哥，跑到獵人哥哥跟前，她一下子撲在獵人哥哥的懷裡。

冬子抬頭看，獵人哥哥的眼睛也濕了，陽光與溫馨的淚珠相交映輝，呈現出七彩的顏色。

9 ‧ 蜣螂與蝴蝶

翠綠的草地上，那些知名的，不知名的野花開得或鮮豔，或樸素而俊美。蝴蝶姐姐正在親吻著野花，她那漂亮的翅膀一閃一閃，給靜靜的花朵和晴朗天空下的草原增加了動感。

不遠處，一隻蜣螂（糞金龜）正在滾動著牛糞，牠用兩隻大刀把那髒兮兮的東西和上泥巴土，三滾兩滾，滾成一個小球。

高貴的蝴蝶鄙夷地看了蜣螂一眼，忙捂了鼻子飛到另一朵花上面去了。

小蜣螂仍然在做牠那滾球的工作。牠已經滾好了一堆糞球，牠工作時是那樣仔細，那天生看似笨笨的手腳，竟然把糞球兒滾得那麼圓，讓誰看了都讚歎不已。那些糞球兒經過牠的有序排列組合，壘起了一座金字塔一樣的小山。

儘管小蜣螂工作非常出色，在蝴蝶姐姐的眼裡，卻永遠是一個下等動物，是一個讓她看不起的、不屑一顧的下等動物。

冬子從遠處朝這裡走來。

蝴蝶飛到冬子面前，用翅膀搧著風說：「臭死我了，臭死我了。」

冬子說：「啥東西臭你了？」

蝴蝶姐姐朝小蜣螂瞥了一眼，語氣不屑地說：「你看吶，還有這樣的呢，草兒綠綠的，花兒豔豔的，這是多麼好的美景啊，連這樣的美景都不會欣賞，生活有什麼意義？盡玩那些玩意兒，多噁心啊！」

冬子看了看正在辛勤勞動的小蜣螂，語帶責備地說道：「蝴蝶姐姐，你怎麼能這樣說呀？大家都羨慕你有一對美麗的翅膀，是時尚模特，你的俊美的確讓我們感動。然而，小蜣螂雖是一位沒沒無聞的清潔工人，他的付出卻也同樣讓我們感動。這個世界上，沒有了你這花枝招展的時尚模特，我們的生活就不豐富多彩；但少了無私奉獻的清潔工人，我們的環境也就不再美觀了呀！」

接著，冬子就走到小蜣螂面前，她見小蜣螂累得渾身都出了汗，就關心地說：「小蜣螂，辛苦了！休息一會再工作吧。」

小蜣螂抬頭見是冬子姐姐來了，冬子姐姐安慰牠，牠感到很溫暖，很感激，忙停下手中的活兒，高興地說：「冬子姐姐，我幹活幹慣了，不把這些活兒處理好，閒著就難受啊。」

「你真是個熱愛勞動的好工人，年終評模範勞工，我一定投你一票。」冬子姐說。

「能當模範勞工是我最大的心願，我還有做得不夠的地方，還要加倍努力啊！」小蜣螂樂哈哈地說。

「那也得學會欣賞生活啊！」一旁一直對小蜣螂鄙夷不屑的蝴蝶插上一句道。

小蜣螂聽了這句話後，很嚴肅認真地反問：「欣賞生活？呵呵，你說我不知道如何欣賞生活嗎？我要明確地告訴你，我會欣賞生活，也知道如何欣賞生活。雖然我的欣賞面太狹窄了，只對著我的勞動成果滿心欣賞，但這是我的快樂！我的快樂就在勞動和欣賞這些勞動的成果中。」

小蜣螂正說著，電話響了，牠接了電話。牠告訴子冬子姐，說是遠處又有需要牠去處理的環保任務。

小蜣螂點點頭告別說：「冬子姐，我要去了喔！」

小蜣螂說著就展開翅膀向遠處飛去，牠飛動時的聲音，就像老式戰鬥機似的，「嗡嗡」一直響。

看著小蜣螂飛動的姿勢，蝴蝶姐姐依然用嘲笑的口吻對冬子說：「冬子你看，還是老式的姿勢呢，飛起來那麼古板，沒有一點美感，多不雅觀！發出的聲響吧，『嗡嗡嗡』，難聽死了，難聽死了！」

冬子忙打斷蝴蝶的話說：「你覺得牠的飛行不好看嗎？我卻認為那是最美的，這種美是一種樸素的原始美。」

接著，冬子又認真教育蝴蝶說：「蝴蝶姐姐，勤奮是小蜣螂的美德，是牠，處理了那麼多的環保事情，拯救了那麼多小草，為小草和花朵加工了那麼多豐富的養料。有了小蜣螂，草原上的草才更綠，花兒更豔。我們應該學會相互尊重，只有尊重他人，尊重他人的勞動，我們才能共同建設和諧美好的家園。」

冬子的話引起了好多的小草、花朵和小樹苗的共鳴，它們齊聲說道：「冬子姐姐說得對，冬子姐姐說得對，我們要感謝小蜣螂對我們這個美好家園做出的貢獻！」

聽冬子和小草、花朵、小樹苗眾口這麼一說，蝴蝶姐姐領悟到自己不對了，她羞愧地低下了頭，有些不好意思起來。

10・蜂蜜茅草根

夜裡，小精靈冬子聽到了一陣咳嗽聲，她問獵人哥哥：「是哪個老頭兒在這樣咳嗽呀？」

獵人哥哥笑著說：「還真的是個老頭兒。牠是個沒見過大世面的老頭兒，走路總是低著頭，慢慢悠悠的，一點也不著急的樣子。牠非常怕見生人，黃鼠狼經常欺負牠呢。」

「是刺蝟大叔吧？」機靈的冬子一猜就猜出了牠是誰。

「正是。」獵人哥哥點頭說。

「牠咳嗽得這樣厲害，是感冒了嗎？」冬子又問。

「沒有，牠就這個樣子，老毛病。」獵人哥哥說。

「哦，」冬子在想，「經常咳嗽，老毛病，已經是老樣子了，這樣下去多不好啊。」她一夜沒有睡好。她想起自己在姥姥家的時候，聽姥姥說過一個治療咳嗽的驗方。鄰居家的孩子咳嗽得厲害總是讓姥姥給出藥方子，姥姥就用刨來的茅草根，摻上蜂蜜在鍋裡炒，然後把炒好的茅草根沖水給咳嗽的孩子喝，喝幾回就不再咳嗽了，那個民間的小驗方可是奇效藥啊。她決定明天去刨茅草根，再找些蜂蜜，炒一炒，用這個特好的驗方，為那個咳嗽的小老頭治治牠的老毛病，把牠的毛病除根。

第二天一早，冬子就起床了，她拿了小鏟子和小籃子，繞過一片大樹林，順著小河往下走，在小河邊上的油沙土裡，她發現了一大片茅草。

這是一片綠油油的茅草，正在茁壯生長。冬子放下小籃子，揮動小鐵鏟就挖起來。茅草根淺淺的，不用費多大的勁，冬子就看到那像竹節一樣的根了。她用力薅出一小根，放在嘴裡一嚼，甜甜的，像甜甘草。

為讓茅草今後更好地生長，冬子選擇性地挖著茅草根。她挖了好多好多，看看這些已經足夠了，回頭就往家趕。

路過小蜜蜂的家門，冬子想到治療咳嗽還需要一味重要的藥材——蜂蜜。於是，她走進了小蜜蜂的家。

來到小蜜蜂的家，冬子直截了當地對小蜜蜂說明原因，要炒中藥，需要蜂蜜做藥引子。

小蜜蜂問她：「你給誰炒中藥呢？」

冬子說：「給一位大叔。」

小蜜蜂說：「是老黑熊嗎？老黑熊可是個專來偷蜜的壞傢伙，我可不想給牠。」

冬子說：「不是給老黑熊，是給刺蝟大叔，牠可是個老實人。」

小蜜蜂聽了，忙找來兩個橡子殼，給她弄了滿滿的兩橡子殼。冬子告別了小蜜蜂，唱著歌兒高高興興地回家了。

回到家後，冬子就開始洗茅草根。她洗淨晾乾後，放進鍋裡用微火蒸，等到蒸黃了，再放上蜂蜜炒，很快就把茅草根和蜂蜜炒好了。她想：「有了這麼好的中藥，刺蝟大叔的咳嗽一定會治好的。」

刺蝟大叔昨天晚上到處溜達，抓到了不少蚯蚓，牠上了一整夜班，此時正在睡覺呢。當冬子高興地把炒好的藥送來時，牠還在蒙頭大睡。一聽冬子來了，牠忙迎出來。冬子說明來意，接著把手中的藥遞上。

誰知，刺蝟大叔一聽，「呵呵呵」地樂了，牠說：「謝謝你冬子，可大叔我既沒有感冒，更沒有什麼咳嗽的老毛病。那種聲音，是我和你大嬸祕密聯繫的暗號啊。」

刺蝟大叔拉著冬子的手，繼續說：「冬子，你有想到他人的一片好心腸難能可貴，你是個大好人。這草藥我收下，我要是真的咳嗽時，就用它沖水喝。不過，黃鼠狼最近感冒了，牠咳嗽得厲害呢，你可千萬別把這草藥給黃鼠狼，牠可是個壞傢伙。昨天晚上，我發現牠到處閒晃，不懷好意，又想偷誰家的雞呢。」

冬子聽了後笑著說：「刺蝟大叔，你應該學習寬容大度啊！那個姓黃的，偷人家的雞，咱們要責備牠，但牠要是感冒了，咳嗽，咱們也應該照顧牠啊。不要因為牠欺負過你，你就耿耿於懷。老是記恨著別人的一點錯誤不放，那樣多不好，再說自己的心也累啊！」

刺蝟大叔聽冬子這麼一說，不好意思地低下了頭，牠看看手中的蜂蜜茅草根，就說：「冬子，為了讓黃鼠狼不再受咳嗽的折磨，我和你給牠送藥去吧。」

冬子拍著小巴掌，開心地說：「好啊！」

於是，兩個人一同向黃鼠狼家走去。」

太陽，一個大笑臉，金燦燦地掛在天上。

11・織綠毯

冬天的冷漸漸散去，小精靈冬子和小鹿、小老虎、小兔子，還有剛剛冬眠甦醒的小熊、小刺蝟在森林邊上的一塊空地裡玩耍。白雪告別了這裡的一切，嚴厲的北風婆婆也逃跑了，只剩下裸露的黃土。

冬子說：「咱們玩一個遊戲好嗎？」

大家齊聲說：「好！」

小熊懶洋洋甕聲甕氣地說：「又要玩什麼遊戲？是不是又要讓我上樹逮小松鼠？」

冬子說：「這回不讓你逮小松鼠，我們就以這片黃黃的土作紙，看誰的本領最大，能在上面做出讓大家最滿意的事情來。」

小田鼠說：「那還是讓我來打地洞吧，我打洞的本事可大了！」

小鼴鼠說：「要說打地洞的話，你能有我的本事大嗎？那就讓我先來，看看我打洞的本領！」

小熊打了一個哈欠說道：「小精靈冬子說的是在上面做出大家滿意的事情，打洞能是大家滿意的事情嗎？還是我這個大畫家給大家畫一幅最美的畫吧。」

說著，小熊就找了一根樹枝，在地上畫起了畫來。

小熊先是畫了一所房子，接著畫了一片大樹林，樹林邊上是一片玉米地，牠想，到時玩一個「黑瞎子掰玉米」呢。

沒等小熊畫完，小老虎就開腔了，牠說：「小熊這算什麼能讓我們滿意的事情？風一吹，牠的畫不就全跑了嗎？還是看我的吧！」

於是，小老虎跑到了不遠的山崗上，揹來一塊大石頭，接著又揹來一塊。小老虎有遠大志向，牠要在這裡建一座人工造的山崗，建起自己的家。

但是，搬了幾塊石頭後，小老虎就累了。

喜鵲大嬸看看小老虎，說：「你做的這件事情也不符合冬子的要求，起碼我不滿意。為什麼呀？就是你把那裡的一座好山崗揹到這裡，那兒不就少了一座山崗嗎？還是看我的吧！」

喜鵲大嬸找來小鏟子，拿來去年採集的花種子，挖了一個又一個的小窩，然後把花種子一個小窩一個小窩地撒進去。她的舉動讓大家都笑了。

大家說：「喜鵲大嬸，你這是弄的什麼事啊？這地還是原來的樣子，你這樣勞動，換回的能是我們滿意嗎？」

正當大家對喜鵲大嬸你一言我一語地說出自己觀點的時候，獵人哥哥從這裡經過，他聽明了情況後替喜鵲大嬸說道：「牠這是做了一件讓我們日後滿意的事情啊。」

接著，獵人哥哥把自己隨身帶的樹種子種在了黃土地上，他說：「我在做的這件事，是讓後代們滿意的事情。」

大家對獵人哥哥的舉動更不理解了：「我們不是說現在讓我們滿意嗎？怎麼還是後代們滿意的事情啊？」

只有小松鼠在那兒用大蓬尾巴蓋住自己，在暖暖的陽光下睡著大覺。

獵人哥哥又說：「現在讓大家最滿意的事情，那就請我們的小精靈冬子去找春風姑娘吧。春風姑娘可是編織綠毯的高手啊，她一來，準會給我們在這片沒有生機的黃土上編織出一大片綠毯來。」

大家聽了齊聲嚷道：「那就讓冬子去找春風姐姐。冬子，你可得要春風姐姐快點來啊！」

冬子就去了，她不負眾望，去找春風姐姐。她遵照獵人哥哥說的話，一直往南走，越過了一條溝，蹚過了一條河，翻過了一座山，在小溪邊上，她遇到了春雨。春雨告訴她，春風姐姐馬上就到，是讓它走在前頭，先來了。冬子在春雨裡有著說不出的快活，他們儘快往回趕，她要告訴大家，她已經找到了春風姐姐、春風姐姐馬上就來到的喜訊。

一夜春雨。春雨在一片黃土上落地生根。春風姐姐隨後就來了，它果真是織綠毯的高手，幾天的工夫，它就用小草的葉線，編織了一張巨大的綠毯。喜鵲大嬸種下的那些花種子，獵人哥哥種下的那些樹種子，全都發芽了。那些花種子不久就開花了，在綠色的大地毯上，開出了一朵朵美麗的花兒，那是一張巨大地毯上最生動鮮豔的圖案。獵人哥哥把一朵小花摘下來，插在了小精靈冬子的頭髮上。

看著這一張大綠毯，冬子和春風姐姐，還有小熊、小鹿、小老虎、小松鼠們，興高采烈地在上面跳起了優美的舞蹈。

12 · 美麗的奇石

森林中流淌著的那一條烏蒙河，河裡出奇石。心細的冬子在河灘的亂石中經常發現很好的石塊。一天，她發現了一塊美麗的奇石。

奇石很像一隻縮了頭、縮了翅膀在雨中經受著風吹雨打的老鷹。石頭上面有個小圓點，那個小圓點正是老鷹的眼睛。

說是老鷹在雨中，但仍不失凌雲之志，正在做著振翅欲飛的審視。看著奇石冬子在想：「這是不是老鷹幾萬年以前的化石呢？」

冬子把石塊搬到獵人哥哥家中，讓獵人哥哥觀看。

獵人哥哥高興地說：「冬子，這塊奇石對老鷹來說是一件很貴重的禮物，應該送給老鷹大叔留念。」

冬子聽了獵人哥哥的話，就把奇石送給老鷹大叔。

老鷹大叔一看到這麼一塊在風雨之中不失凌雲之志、很有意境和情趣的奇石，連連說道：「謝謝，謝謝。」

「河裡有奇石，我們應該再去找一找，還會發現新的奇石的。」從老鷹大叔家中出來，冬子對獵人哥哥說。

獵人哥哥點點頭說：「好啊。」

於是，他們又一同向烏蒙河河灘走去。

河灘中石頭很多，但都不奇。

獵人哥哥說：「奇石是可遇而不可求的，與奇石的相遇應該說是緣分。任何事情，沒有緣分是不行的。」

他們邊走邊四處搜尋著。緣分說來還真的來了，正當他們在河灘裡走著，尋著，猛然，一塊像猴子腦袋一樣的石頭映入他們的眼簾。冬子上前把那塊石翻過來一看，呵，還是一塊有著特新穎意境，京劇臉譜模樣的猴頭呢。

冬子和獵人哥哥觀看著，欣賞著，大自然真是神斧鬼工，竟然把一塊頑石出落得這麼有趣，這麼生動。

面對京劇臉譜一樣的猴頭奇石，冬子首先想到上一次發現那彩色畫石的情景。不管怎麼說，猴子貪心也罷，大家的智慧也罷，反正猴子真受累了。

冬子對獵人哥哥說：「獵人哥哥，我想把這個禮物送給那個曾經貪心的老猴子。」

獵人哥哥為冬子不謀私利、不記前嫌的胸懷和心境所感動，他一下子抱起冬子說：「冬子，我的小精靈，你的寬容讓我感悟，你高尚的品行真是了不起。」

當天下午，冬子就到猴子家中，把具有京劇臉譜的猴頭石給猴子大哥送去。

貪心的猴子大哥正在給一隻小猴撓癢癢呢。牠一看冬子把發現的這麼寶貴的禮物給自己送來，就很不好意思。然而，通過上一次的畫石事情之後，猴子大哥進行了長時間的思考，牠想：「在整個大森林大家庭中，不能單單為自己活著，應該學習獵人哥哥和小精靈冬子，想為大夥想，集體的事情在前，個人的事情在後。」

現在，冬子又把她發現的奇石給自己送來了，這行動讓猴子大哥在感動的同時有了新的醒悟。

想了好大一會後，猴子大哥平靜地說：「冬子，謝謝你給我送來寶貝，但這美麗的奇石是大夥的共同財富，應該讓大夥一起欣賞和享受，不能我自己獨得。」

冬子為老猴子的心胸寬廣而高興，她說：「猴子大哥，不是讓你自己獨得，是它很像你的樣子，對你來說最有紀念意義，所以由你保管最合適。」

猴子大哥細想了想後，還是堅定地說：「冬子，我看這樣吧，既然你無私奉獻，我也應該向你學習，也應該大公無私。我這裡還有好幾塊奇石呢，我建議咱們蓋一個奇石博物館，把我們森林中所有人家的奇石都放在裡面，讓居民閒時參觀，陶治居民的情趣，豐富大家的文化生活。」

冬子一聽高興地說：「謝謝你猴子大哥，你的主意真高尚。」

隨後的日子，經過大家的共同努力，不久森林奇石博物館就建成了。小老虎拿來了一塊裡面有一片樹林圖畫的奇石，老刺蝟的奇石上面書寫著一個「壽」字，喜鵲大嬸的奇石是一個很像貴婦人的頭像，老熊的奇石像一個大地瓜，烏鴉的奇石是一塊五花肉，饞得狐狸大嬸在跟前亂轉流口水，牠真的很想吃，上前摸了幾次才知道真的是石質的。

美麗的奇石都擺在了博物館裡，大拙大樸，每一塊都意境悠遠，意趣天成。就這樣，大家齊心合力辦成了一件大事情。

冬子感覺到最重要的是，猴子大哥不再那麼自私。猴子的思想轉變，讓她的心裡有著說不出的高興。

13・一千隻水杯

小精靈冬子在森林裡走著，就聽「叭嗒」一聲，從她的頭頂上掉下來一個東西。她心想：「咦，是哪個可惡的小傢伙給我搗亂？」

她低頭看了看那掉下來的東西，哦，是一個把裡面的果實吃掉了的橡子殼。她斷定是叫「毛毛」的小松鼠那個小傢伙了。抬頭一看，呵呵，果真是呢，小松鼠毛毛正抱著另一個大橡子，伸著牠的長牙，在「喀哧喀哧」不停地啃著。

小精靈冬子對著小松鼠毛毛喊道：「毛毛，你不要亂扔橡子果實的皮，這樣會不衛生，會破壞環境的！」

毛毛呢，根本不聽她的那一套，看也不看冬子一眼，繼續「喀哧喀哧」地啃牠的橡子。

冬子看看地下，已經有好多顆橡子殼，她想：「這樣多不衛生啊，應該把這些殼收拾一下弄到垃圾站。」她就蹲下來，收拾那些被小松鼠毛毛吃淨了米子的橡子殼。

冬子把一隻隻剩下一半的橡子殼拿在手裡，心想：「這小小的橡子殼正如同一隻水杯，要是用它盛著花露、盛著蜂蜜喝有多好啊。」猛然她有了一個想法：請小松鼠幫忙，製作橡子殼杯，既環保，又能讓夥伴們使用到天然的美麗杯子。

於是，冬子的心情豁然開朗了。呵呵，剛才還為毛毛的不注意保護環境行為而生氣的她笑了。

小精靈冬子高興地站起身，朝毛毛拍了兩個巴掌，對毛毛說：「毛毛，你下來，我有件很好的事情要向你說。」

毛毛停了「喀哧喀哧」地吃橡子，就問：「你有什麼好事?你都盡是批評我的話，我可不敢下去，你會打我的。」

冬子說：「沒事的，我不會打你的，姐姐讓你下來，我們有一件共同合作的重要事情，你聽了一定會很高興的。」

毛毛看冬子姐和藹可親、沒有生氣的樣子，就連蹦帶跳，呲溜溜躥下樹來，來到冬子的面前。

冬子舉著手中的橡子殼說：「毛毛，你看它多像一隻水杯啊，我們森林裡的好多小動物，都想得到這樣的水杯，我想請你和小松鼠們一起，共同製作橡子杯，好嗎？」

毛毛看了一下冬子姐手中的那半個橡子殼，呵呵，是啊，美麗真的就在於發現啊，它真的是一隻水杯，一隻很高級的水杯。毛毛想：「我吃了那麼多的橡子，天天嚼，天天啃，怎麼就沒有發現這麼美麗的事情呢？用它製作水杯子，自己不但吃到了橡子果實，還不會讓冬子姐姐和喜鵲大嬸天天說自己討厭，破壞環保。」

想到這裡，毛毛爽快地說：「好。」

冬子說：「我想製作一千隻水杯，光靠你和我，多久才能完成啊！這樣吧，你去招呼你的小夥伴，讓他們一起參加製作，到時製作完成，我還會請小蜜蜂送給你們蜜喝呢！」

毛毛說：「那我要謝謝冬子姐了。」

毛毛說做就做，牠招呼來了森林裡所有的小松鼠，大家一起為製作橡子杯而忙碌著。沒用幾天的工夫，呵，一千隻品質高檔的橡子水杯製作好了。

冬子又請來喜鵲大嬸和蝴蝶姐姐，請她們和自己一起在橡子杯上畫上月亮，畫上星星，畫上花兒，畫上大樹，畫上靈芝，畫上小松鼠，一個個都是祥和圖案，這些最美的圖案代表的是冬子的心。

森林居民大會上，老虎伯伯表揚了冬子和小松鼠為了環保去善於發現、去創造有利條件讓廢品造福森林而做出的貢獻，號召全森林居民向牠們學習，並把一千隻漂亮的橡子水杯發給了蟋蟀、蝴蝶、小黃雀、小鼴鼠、小螞蚱。

手拿橡子殼的小動物們興奮地高舉著橡子殼杯，同時做出了一個乾杯的姿勢。

14・長筒靴

小精靈冬子打扮得可神氣了，花短裙，長筒靴。特別是那雙長筒靴，淺淺的黃顏色，讓人一看就感覺英姿颯爽。

正在花朵上採蜜的小蜜蜂一見，看得目不轉睛，忙停下採蜜。

小蜜蜂問：「冬子姐，你的長筒靴真漂亮，在什麼地方買的呀？」

冬子看看小蜜蜂，告訴牠，：「這是在小鹿家的店裡買的。小鹿家剛開張了一家長筒靴專賣店，專賣時髦的長筒靴，花色、樣式多著呢。」

聽了冬子的話，小蜜蜂顧不得採蜜，就往家中飛。

小蜜蜂飛到柳樹哥哥身邊的時候，小兔子和小野馬正在相互欣賞對方的長筒靴。小兔子的長筒靴小巧玲瓏小得可愛，小野馬的長筒靴把英俊的小馬駒武裝得高貴而威嚴。

小兔子見小蜜蜂過來，高興地指著長筒靴說：「小蜜蜂，我們有了這漂亮的靴子，以後跳舞的時候保證比你跳得好看多了，我們要得跳舞的冠軍啦！」

小蜜蜂說：「長筒靴不光你自己有，我也會有的，我這就回家讓媽媽去給買呢。」

蜜蜂媽媽見小蜜蜂早早地回來了，不解地問：「是那隻可惡的大黃蜂欺負你了嗎？」

小蜜蜂回答媽媽說：「沒有。」

「是你感冒了，還是什麼地方不舒服嗎？」媽媽又關切地問。

小蜜蜂又說：「沒有。」

「那你不好好地採花蜜，這麼早怎麼就回家了？」媽媽說。

小蜜蜂說：「媽媽，冬子姐姐穿著長筒靴，可漂亮了，我也要你給我買一雙時尚的長筒靴。」

蜜蜂媽媽聽了後笑著說：「長筒靴啊，對於我們蜜蜂家庭來說是不能穿的。不是媽媽不給你買，長筒靴是真的不適合我們勞動呀！剛才我從街上回來，看見小豹子也在吵著牠的媽媽要買長筒靴，在小鹿家的長筒靴子店門前就是不走。老虎伯伯勸牠說：『咱們貓科動物是不能穿長筒靴的，穿著長筒靴，怎麼同偷盜人家紅薯的竊賊野豬搏鬥啊？』咱們蜜蜂家族也是不能穿長筒靴的，咱們採的花粉都放在腿部，穿了長筒靴怎麼勞動啊！」

聽了媽媽的話後，小蜜蜂懂得了為什麼媽媽不給自己買長筒靴子的原因。但是，森林裡那麼多的小夥伴都有了長筒靴子，要知道，愛美麗之心，人皆有之啊。媽媽不給買，牠採花蜜時怎麼也提不起勁來。

媽媽看出了小蜜蜂的心思，於是對小蜜蜂說：「你既然要求了，媽媽就給你買一雙，讓你趕趕時髦，但只能是聚會的時候穿，勞動的時候是不能穿的，懂了嗎？」

小蜜蜂說：「我懂了。」

蜜蜂媽媽就領著小蜜蜂去了小鹿家開的長筒靴專賣店，為牠買了一雙漂亮的長筒靴。

15・葉子上的祕密

秋風把池塘裡的藕葉吹乾了，把樹上的葉子吹落了，那紅綾子一樣的紅楓、黃緞子一樣的楊葉，飄飄搖搖落在地上。

萬木凋零，冬子對著乾枯的葉子傷感極了。

獵人哥哥見冬子傷感的樣子，就說：「冬子，我們何不組織所有的小動物們，利用這些葉片，在上面作畫題詩，然後掛在樹上，辦個展覽，讓森林裡的所有居民都來參觀呢？那樣，大家可以開動腦筋，自由想像發揮，看誰能在葉片上寫出最優秀的文字，畫出最壯美的畫圖！」

冬子一想：「是啊，獵人哥哥說得多好啊，儘管這些葉片枯萎了，卻仍然帶有生命，仍然讓我們看到大情大美。」於是，冬子通知小熊、小鹿、小老虎，到獵人哥哥家中開會。

獵人哥哥家中可真熱鬧，一會兒的光景，不但接到通知的小熊、小鹿、小老虎、小刺蝟來了，沒有接到通知，知道要辦一個葉片繪畫、詩歌展覽的猴子大哥、老鷹大叔、黃鼠狼嫂嫂也來了，大家都為能在深秋有這樣一個獨具創意的展覽而高興呢。

會上，獵人哥哥把這次展覽的目的、意義和要求向大家說清楚了。他說：「我們要以葉片為材料，可以在任何葉子上繪畫，或者寫詩，也可以用葉子粘貼出漂亮動人的圖案。一個星期之後的上午，大家各自把作品帶來，在這裡評比，然後在森林廣場展覽。」

獵人哥哥特意對猴子大哥說：「老猴子，我知道你可是作詩的高手，這回你作的詩句，不能再『山裡紅啊紅又紅，饞得我肚裡長饞蟲』，可得有讓我們聽了都能拍巴掌的新意啊。」

獵人哥哥一說完，急於表現的小熊就坐不住了，牠說：「好了吧？我可要去準備了。」說著牠就急急地走了出去。

大家也都想一爭高下，按照獵人哥哥的要求，紛紛動身，各自去尋找適合自己做畫寫詩的葉子。

冬子找到了兩片上好的葉子，一片是紅葉，一片是黃葉，紅葉是黃櫨，黃葉是楊葉。她想：「任何事情都要常向光明的一面看，我們的生活才充滿陽光。前一會兒還在為落葉傷感，現在竟然覺得這次展覽是多麼的詩情畫意！應該感謝獵人哥哥，要不是獵人哥哥，說不定自己還在對著落葉傷感呢。自己的作品一定得有創意。」

怎樣才有創意呢？冬子首先想到的是獵人哥哥，獵人哥哥善良淳樸，正直無私，是一位深受人們尊敬的好大哥。於是，她用筆在紅葉上畫了一支獵槍，讓槍口上長出了白蘑菇。她畫得很美妙，並且起了一個很詩意的題目，叫《蘑菇從這裡生長》。這是一份很重的心意，她要把自己的心意獻給獵人哥哥。

在黃黃的楊葉上呢？冬子想到了小熊，那個可愛又頑皮的傢伙，經常偷人家小蜜蜂的蜜吃，應該把牠那憨態可掬的貪吃樣子表現出來。於是，冬子畫上了一隻小熊偷蜜、眾多蜜蜂與牠戰鬥的場景。

再說小熊吧，他急匆匆地走出獵人哥哥家後，就來到了森林的深處，牠要找最大的樹葉兒。在森林裡面，牠找了一個大的梧桐葉。牠想自己在這片大的梧桐葉上畫什麼呀？想呀想，猛然想到了與河北的那個小熊妹妹在一起時的情形，那情形多甜蜜啊！兩人偎在一起，月亮掛在樹梢，晚風夾著花香吹來，旁邊是「嘩嘩」流淌的小溪，多麼令人陶醉和難忘啊。於是，牠畫了兩隻小熊偎在一起。畫完，小熊自我欣賞起來，看著看著，牠滿臉幸福地笑了。

小老虎呢，畫的是牠最崇敬的老爸，那隻百獸之王，牠的畫筆功力表現得非常好，老爸的虎大牙一呲，透出讓所有動物稱臣的威嚴。

手巧的小蜜蜂做的是粘貼畫，牠找出春天、夏天時採集的那些花瓣兒，用桃樹、香椿樹上的粘粘膠把花瓣往楸樹葉上粘著，粘出了一個有紫花、有紅花、有黃花、有白花的小花園。

喜鵲大嬸畫的是美麗的雪花，牠愛雪的聖潔；老鷹大叔提筆書寫的四個大字，「壯志凌雲」，表達了自己的雄心；有趣的黃鼠狼嫂嫂，畫畫也不忘自己的專業，在青桐葉子上畫了一隻沒有一根毛的光光屁股的肥雞。

每個人都把自己的祕密展現在了葉片上，所有的黃葉子、紅葉子、灰葉子都被賦予了新的生命，每一個葉片都透著生機。

展覽如期進行。當大家各自把自己的大作，夾雜著小祕密暴露給眾人的時候。小熊的臉刷地一下子紅了，怎麼不經意地就向大家暴露了自己的隱私呢？黃鼠狼嫂嫂也顯得有些不好意思，甚至有些尷尬，這不是正應了那句「黃鼠狼給雞拜年，沒安好心」的俗話嗎？雖然牠有些尷尬，但大家都沒說什麼，因為展覽是件快樂的事情，不能因此而傷黃大嫂嫂的自尊。

大家為老鷹大叔的遠大志向和穩重深沉而鼓掌。

怎麼不見猴子大哥呢？牠可是每次有活動都是積極參加的活躍分子呢。正在大家左顧右盼的時候，猴子大哥來了，牠撐著傘一樣的一片大大的藕葉來了。

喜鵲大嬸嘴快，見牠沒有作品，就責備說：「老猴子，不帶作品你來做什麼？」

猴子大哥笑笑地走到大家跟前，把手中的那把大傘往眾人面前一展說：「我的作品在這裡呢！」

眾人一看，呵呵，這位猴子大哥，這次又是牠那拿手的好詩：「老虎啊老虎你上東山，你把大王的位子讓我坐幾天。」

小精靈冬子把猴子大哥的詩一唸，眾人「哄」的一下樂了，呵呵，這個老猴子，牠心中最深層的祕密原來是想當獸中之王啊。

16・看泉水

雪野莽莽，整個大地銀裝素裹。

風停了，夜很靜，冬子聽到了一種聲音，那是從遠遠的地方傳來的，是從山上流淌下來的聲音，是從她和獵人哥哥家附近、在冰雪下流過的山泉水的聲音。冬子被這不畏嚴寒的泉水，在冰封的日子裡照樣向前流淌的生命活力所震撼，她想明天邀集小鹿、小熊、小老虎、小兔子一同到北山上去，用虔誠的心去謁拜山泉。她的想法得到了獵人哥哥的支持。

第二天一早，冬子就去招呼小老虎。小老虎一聽很高興地跳了起來。要知道，小老虎是最不甘寂寞的啊，這些天大雪封山，沒有小夥伴玩，牠急得獨自一個在家門前亂轉，有這次快樂旅行的機會，牠怎麼不興奮呢？

小老虎就毫不猶豫地和冬子一同去找小黑熊。

去找小黑熊的路上，小喜鵲聽說了冬子一夥人要去北山看山泉，快樂的小喜鵲把這個喜訊告訴了小百靈和小兔子。小兔子跑來了，小百靈飛來了，小鹿趕來了，牠們一同加入到了看山泉的行列。大家一同招呼小黑熊。

一群小夥伴來到小黑熊的門前。小黑熊呢，這個又怕冷又懶的傢伙，躺在樹洞裡就是不出來，害得大家夥白敲了半天的門。

小青蛙、小蛇冬眠了，小刺蝟也萎縮在窩裡。

小老虎伸伸胳膊說：「冬子，最不怕凍的只有我們，雖然受凍，看這雪景的美妙，最能讓我們記在心裡。這次看山泉的行動，可是我們美好童年記憶中最為快樂的事情啊！」

冬子高興地望著莽莽雪野高喊了一聲：「出發！」

雪野覆蓋著萬物，一切是那麼淨白聖潔！大雪阻止不了一群不怕寒冷的小動物們看山泉的興趣和決心，更激發起天真爛漫的童心。冬子在前，一行士氣高昂的小隊伍行走在雪野裡，大家的興致是那麼高漲，細心尋著那悠揚的琴音，順著冰下水流追尋源頭。

泉水汩汩流淌，為蒼蒼茫茫的大地增添了無限的美妙。一會的光景，大家走到一處山窪地，冬子突然停住了腳步，她用心在聽那種具有生命活力的聲響。泉是大山的琴，聲音好像是從最遙遠處傳來，所有的小動物們都聽得入神。

冬子聽了一會兒，她神祕地對眾夥伴們說：「這種美妙的聲音，肯定是那位巨人老爺爺，在用他那無型的大手在彈撥。」

聽了一會琴音，大家又繼續前行。在一座山的前懷，終於來到泉邊了。雪野中，一眼泉融化了附近的雪，水清冽冽地流出來，那麼生動活潑，打著滾兒鑽進冰下。

小鹿忙伏下身子喝一口，好甜的泉水啊，牠閉了眼在細品著。頑皮的小老虎在泉邊翻開了跟頭，小喜鵲和小百靈也不再鳴叫，牠們和冬子一起在細看泉水，聽那自然中最為美妙的湧動。

天地間很靜，細聽有一種歌唱的聲音，是樹木，是泉聲，是山風，是山間的祥和，是為春天的到來，為小草發青、樹木發芽的歌唱。

看到具有生命活力的泉水，冬子很幸福，她想：「要記錄下這次有意義的活動，寫一篇散文，題目就叫〈看山泉〉。」

17・柳樹哥哥的頭髮與鬍子

柳樹哥哥的頭髮和鬍子太長了，長得拖在了地上。小精靈冬子想為柳樹哥哥修剪一下，讓它煥發出朝氣蓬勃的氣息。

她找來了剪刀和梳子後就動手了。先是修剪柳樹哥哥的鬍子，把鬍子修剪得恰到好處後，她又修剪頭髮。該剪的剪，該去的去，從濃密的柳條中，讓柳樹哥哥露出它那正直秀美的樹幹來。

冬子用了整整一個上午，把柳樹哥給修理得精神氣十足，頭髮不再蓬亂，鬍子透出整潔與威嚴。但剪下的那些頭髮和鬍子，卻散落了一地，實在是不雅觀。

冬子把它收拾起來，正在她快要收拾好的時候，路過的猴子大哥看了說：「我這裡有火呢。前些日子玩火，一不小心把屁股上的毛都燒沒了。我給你點著，把這些頭髮和鬍子全燒了吧。」

一直觀看冬子給柳樹哥哥修剪的青蛙聽了後馬上反對說：「那才不能點火呢，我們森林最怕火，防火的任務重著啊，引起火災來，誰也負不了這個責。再說，燒出的煙不但熏黑了天空，也熏黑了池塘，還嗆得小熊、小兔到處亂跑，嗆得柳樹哥也受不住啊。」

樹上的小麻雀嘰嘰喳喳地說：「快送到垃圾站吧，讓垃圾站給處理掉算了。」

冬子想青蛙說得對，她沒有聽猴子大哥的話。猴子大哥見沒讓牠點火，就氣嘟嘟地走了。冬子也沒聽小麻雀的，送到垃圾站處理，那多可惜啊。她想應該去問問喜鵲大嬸，因為喜鵲大嬸是有眼光的人。

說喜鵲大嬸，喜鵲大嬸就來了，牠看了看年輕瀟灑的柳樹哥哥，就哈哈地說：「看，把你修剪得多麼美啊，你心裡正在偷偷開心吧？」

接著，喜鵲大嬸又對冬子說：「柳樹的頭髮和鬍子可都是寶物啊，寶物要好好利用才能稱得上寶物，如果不用，就稱不上寶物了。冬子，你有一雙靈巧的手，你要用這些頭髮和鬍子為小蝴蝶編一隻花籃，為小蜜蜂編一隻蜜筐，為青蛙妹妹編一隻睡床，還有那個小麻雀，牠連做窩都不會，你就給牠編織一個溫暖的小窩吧。也給小松鼠編一個窩，別再讓牠有空沒空地去掏樹洞。」

冬子聽了喜鵲大嬸的話，就把所有的枝枝條條拾起來，她遵照喜鵲大嬸說的去做，用了九九八十一天的時間，編了九九八十一件器物，分發給了森林裡的九九八十一個小動物。

柳樹哥哥的頭髮和鬍子派上了大用場，小動物們拿著適合自己的工具做自己的事情。小熊拿著籃子採蘑菇，青蛙妹妹有了大睡床，蝴蝶姐姐的花籃裡裝上了五顏六色的花朵，最高興的就是猴子大哥，猴子大哥拿著小筐摘野果。紅通通的是山裡紅，紫黑多汁的是桑椹，黃黃的是小棠梨。小猴子挎著一筐野果回來正遇到冬子，一定要冬子多吃幾個牠採摘的水果。

猴子笑著說：「你給我編的小筐可有用了，過去我一次只能採幾個帶回家，現在一摘就是一大筐。有這個小筐，多方便啊。」

柳樹哥哥見自己的鬍子和頭髮有了新的用處，在風中「咯咯」地笑了。

18・誰丟失的蛋

冬子在去獵人哥哥家的路上，在沙土裡，發現了幾個白色的小蛋，身邊是嘰嘰喳喳直叫的小麻雀。

冬子說：「小麻雀，你怎麼把蛋下在這裡呢？」

小麻雀看了看地上的蛋說：「冬子姐姐，這哪裡是我的蛋呢！我們雖然沒有固定的住所，多是寄人簷下，但我們對自己的蛋非常珍愛，從來不把它亂放的，那可是我們的小寶寶啊。」

「那你看，這蛋是誰的呢？」冬子說。

一隻公烏鴉飛過來，牠看看蛋後就說：「是百靈鳥的，肯定是牠早產了，不要外人知道，才產到這裡的。」

小精靈冬子瞪了烏鴉一眼說：「你在胡說什麼，你只是嫉妒百靈鳥的歌聲比好聽，才胡謅牠早產的謠言嗎？」

「我說的話你不信，那我不說了好嗎？」公烏鴉自知沒趣，忙改口說道。

「你就得不要亂說。」冬子毫不客氣地說。

是啊，人家在著急地想這蛋是誰丟失在這裡的事，自己一個堂堂的漢子，竟然插上這自己也不知道從哪兒來的緋聞做啥呢？公烏鴉感覺自己失禮，搧起牠那兩扇黑翅膀飛走了。

冬子呢，和小麻雀在繼續探討尋找是哪個粗心的傢伙，把蛋丟失在這裡的事情。

小麻雀仔細地打量了一下那些小蛋，白白的殼，像蠶繭一般，猜說：「哦，我知道了，下在土裡的，是不是老龜的啊？這裡離河邊不遠，老龜可是經常在這種地方產蛋的啊。」

小麻雀剛說完，就聽身後傳來「呵呵呵」的聲音。一聽那甕聲甕氣，小精靈冬子就知道是老龜。她回頭一看，果真是老龜伯伯慢慢地爬來。

冬子說：「老龜伯伯，你家的大媽產蛋都是挖個大坑，把它深深埋在沙土裡，這回怎麼這麼粗心，沒有埋好就離開了呢？」

老龜伯伯笑笑說：「冬子，你是很精靈的啊，怎麼沒多想一想就埋怨起我和你大媽來了！你應該動動腦筋，我們所產的蛋，都是大個頭的，哪有這麼小的啊？就是小麻雀的蛋，個頭也比這個大呢？」

小麻雀聽老龜伯伯這麼一說，也隨聲附和道：「是啊，我只顧猜說是誰的蛋，怎麼就忘記了它的大小呢？」

「下在這種地方的，或許是蛇大妹的吧！」老龜伯伯說，「你們可以找蛇問一問，看看是不是牠丟失的。」

老龜伯伯看看遠處在等牠的老龜大媽，就告別了冬子和小麻雀，爬向河邊，追趕老龜大媽去了。

「把蛋放在這裡，讓老鼠和獾知道了，多不安全啊！」冬子忙去找蛇大嬸。

冬子正要動身，一隻蜥蜴跑來了，牠氣喘吁吁地厲聲質問道：「是誰讓你們動那些蛋的？」

冬子說：「我們動這些蛋？我們正在為哪一個冒失鬼把蛋丟失在這裡而著急地找它的主人呢？」

跑過來的蜥蜴一看蛋沒有受到大礙，就說：「你們沒有動就好，不用找它的主人了，這是我的蛋啊。」

小麻雀一聽很不相信，牠就喳喳嚷道：「我可不相信你說的話！你可能在騙我們，等我們走了，你會把這些蛋吃掉的！」

蜥蜴嫂嫂說：「我說的是真的，這的確是我的蛋。」

「那你怎麼這麼粗心，把它丟失在這裡呢？」冬子問。

蜥蜴嫂嫂說：「我沒有粗心，是我故意產在這裡的。這裡的光線好，我的小寶寶在這土坎上孵化得更快呢。只是原來在蛋上面有一層薄土，不知是誰給我把那層薄土全弄沒了，讓這些即將出生的小生命全暴露在外面了，我得再蓋上一小層土呢。」說著，蜥蜴嫂嫂就用前爪弄土，把那幾枚小小的蛋蓋好。

冬子和小麻雀看看蜥蜴嫂嫂把暴露的小蛋蓋好了，才高興地離去。一邊走冬子一邊想：「原來並不是誰粗心把蛋丟失在這裡了，而是蜥蜴嫂嫂有意放在這裡的呢。」

19・智慧魔法盒

冬子的小挎包可漂亮了，它的周邊是天藍色的，天藍色上繡著牽牛花的枝蔓和花朵，中間灰色的網底上是一朵盛開的大牡丹花，黃、藍、紅三色合成的挎包繫兒既大氣莊重，又鮮豔奪目。

這個小挎包除漂亮美觀外，還有一種神奇的功能，它比其他的包神奇的一點就是，它的裡面裝著一個叫「智慧」的魔法盒。

這個魔法盒可有智慧了，只要你輸入你所希望表達的幾個關鍵字，它馬上就會告訴你哪條河裡的水最清、小魚最多，哪個山坡的花朵開得最美、什麼花兒最香，哪兒的草兒最肥、哪棵大樹公公的樹杈上又有幾隻小鳥做窩。

這些天，冬子小挎包中的智慧魔法盒輸出的不是什麼花啊草兒的事情了，而是帶靈性的詩歌。這些輸出的詩歌是不分季節的，春天送你一首詩，秋天、冬天也能送你一首詩。

魔法盒還特別喜歡為動物小朋友輸出兒歌。那些兒歌新穎歡快，深受森林居民所喜愛，多首兒歌已在森林中傳唱。

黃鼠狼嫂嫂對魔法盒能輸出兒歌的事兒壓根就不信，牠想：「輸入幾個關鍵字就能出一首兒歌，那可真是神奇了！」耳聽為虛，她要親自看個究竟。於是，老黃鼠狼嫂嫂就找到冬子，牠要試一試，看看到底能不能輸出兒歌。

冬子剛給雪花姐姐輸入了幾個關鍵字，小智慧就給它朗誦了一首兒歌呢！冬子一聽黃鼠狼嫂嫂要有一首自己的兒歌，就從挎包中拿出了那個叫智慧的魔法盒。

「你剛才為雪花朗誦的什麼兒歌呢？」黃鼠狼嫂嫂心眼好多，牠首先要聽為雪花姐姐輸出的兒歌，牠態度認真地問。

冬子按了一下按鍵，小智慧就用普通話又朗誦了一遍：

雪花飄，雪花飄，
河北的雪飄到了山東，
山東邊的雪飄不到河北面就化了，
雪化了，春來了！

黃鼠狼嫂嫂一聽就說：「什麼雪花飄啊飄，還山東邊、河北邊的，飄在哪兒就在哪兒下唄！我要一首比這更新穎、更獨特、能體現我生活的兒歌。」

「那你可要準確輸入你想要表達意思的關鍵字喔。」冬子說。

黃鼠狼嫂嫂接過小智慧，突然眼珠子一轉，想出了一個歪點子，於是對著小智慧身上的一個個按鈕，按照自己歪點子的想法按了。牠想：「我看看這個小智慧真的有沒有智慧，看它能給我編出什麼樣的兒歌來！」

一會的光景，小智慧的嘴巴動了：

偷人家的雞，
偷人家的蛋，
還偷人家三頭蒜。
如果不改這惡習，
全體居民一起聲討和批判。

黃鼠狼嫂嫂一聽這首兒歌，氣得臉一下子黃了，忙說：「這是什麼兒歌啊，純粹是陷害好人，我可不願聽這個。」說著，氣呼呼地扭頭就走了。

正在此經過的喜鵲大嬸和小鹿姑娘聽了卻哈哈大笑。

小鹿朝遠去的黃鼠狼嫂嫂喊道：「真是一首好兒歌，黃鼠狼嫂嫂，用在你身上還真再合適不過呀！」

喜鵲大嬸倒是一臉的喜氣，她「喳喳」地說：「我把喜訊的詞兒輸上，喜訊就來了。」

喜訊到，喜訊到，
喜鵲大嬸喳喳叫。
小熊採了一個大蘑菇，
山雞大姐被偷的案子已破了，
百靈的寶寶出殼了，
老虎媽媽懷孕了，
小松鼠種下的松籽出芽了。

真的是喜訊多多，牠們三個為有這麼多的喜訊而歡呼！

猛然，冬子說：「乘著大嬸的喜訊，我想為獵人哥哥輸入幾個關鍵字兒，看看小智慧為獵人哥哥朗誦出什麼樣的兒歌！」

小鹿和喜鵲大嬸說：「好！」

冬子就為獵人哥哥輸入了幾個關鍵字，她輸入的詞兒是，「獵人，情感，道義」。一首內涵深刻的兒歌迴蕩在天地間：

父兄的手，
父兄的肩，
寬肩大手撐起天。
真愛無言續童話，
長青藤上結出一個小祕密。
不告訴你，
猜猜看。

是啊，父兄的手，父兄的肩，冬子他們三個為此首兒歌展現出獵人哥哥的正義、深情而感動。但是，其中卻嵌著一個不告訴你的小祕密，到底是什麼小祕密呢？

喜鵲大嬸說：「我們得好好地問問獵人哥哥，那個長春藤上結的到底是什麼祕密？」

冬子、喜鵲和小鹿一同向獵人哥哥家中走去，他們要把這首兒歌送給親愛的獵人哥哥的同時，也要問清讓他們悶在心中的，他的那個結在長春藤上的小祕密。

20・冬子奇遇記

小河的水「嘩嘩啦啦」淌著，河岸邊水草茂盛，好多螃蟹把家安在這裡。遠遠的，冬子就看見黃鼠狼嫂嫂低頭蹲在那裡搗咕什麼。

冬子走近黃鼠狼嫂嫂，看牠正在把牠那條長長的尾巴伸往螃蟹窩裡去。冬子感到納悶，她想：「這位精明的黃鼠狼嫂嫂在唱什麼戲啊？」

「黃鼠狼嫂嫂，你這是在演什麼故事呢？」冬子問。

黃鼠狼嫂嫂抬頭看了冬子一眼，生氣地說：「昨天，我的孩子在這裡玩，這隻可惡的死螃蟹，一次次地張著大鉗子嚇唬我孩子。我來找牠評理，牠卻躲藏起來，死活就是不見我，我得把牠弄出來，問問牠為什麼欺負小孩子？」

黃鼠狼嫂嫂看來真的讓螃蟹大哥氣急了，邊說著，那條長長的尾巴仍在螃蟹大哥的門裡不停地挑戰。

面對黃鼠狼嫂嫂的挑釁，在窩裡的螃蟹終於憋不住了，牠恨黃鼠狼嫂嫂恨得咬牙切齒。牠瞅瞅那條不停地搗亂的大尾巴，猛然，用牠那一雙有力的大鉗，一下子夾住了黃鼠狼嫂嫂尾巴梢上的神經線。這一夾，疼得黃鼠狼嫂嫂「哎喲」一聲慘叫。隨著慘叫，黃鼠狼嫂嫂把尾巴猛地一抽。這一抽不要緊，裡面的螃蟹大哥夾得狠，隨著尾巴上巨大的力量和慣性，螃蟹大哥就被帶出了窩。

螃蟹大哥的大鉗仍在夾著，黃鼠狼嫂嫂疼得「啊啊直」叫，牠連連把尾巴甩了幾甩，但螃蟹那雙有力的大鉗仍緊緊地夾住黃鼠狼嫂嫂的尾巴。

此時的冬子一直在愣愣地出神兒。她看黃鼠狼嫂嫂跑遠了，心想：「這場戰鬥會怎麼樣的激烈呢？螃蟹大哥能戰勝狡猾的黃鼠狼嫂嫂嗎？結果會是怎麼樣呢？」

河水湍急，冬子看看河水，突然又想起前些天的一件事情來。那天她在河對岸走著，見一條渾身長滿疙瘩的毛毛蟲。毛毛蟲在對著河對岸張望。

冬子問：「毛毛蟲，你在看什麼？」

毛毛蟲說：「對岸的風景太美了，那兒的花朵朵開了，我的姐妹正在忙著賞花，我要到對岸去，和牠們一起賞花。」

冬子看看牠那老態龍鍾的樣子，再看看河水，就說：「毛毛蟲，你不要異想天開了，憑你這身本事，你一下水，大水就會把你淹死的。」

毛毛蟲說：「水能淹死我，但我會想其他辦法渡過河去的，我一定要到對岸去欣賞那美麗的花朵。」

「做任何事情都要量力而行，不要逞強啊？」冬子囑咐毛毛蟲道。

毛毛蟲看看冬子，說道：「謝謝你的好意，你放心吧，我自有辦法的。」

今天，不見了毛毛蟲，不聽勸告的牠一定是在過河的時候被河水淹死了，善良的冬子對著河岸一陣傷心落淚。

冬子沒有再去看黃鼠狼嫂嫂和螃蟹大哥的戰鬥。因為黃鼠狼嫂嫂並沒有在那片寬闊的地方比力量，牠已經不知跑到什麼地方去了。

她來到獵人哥哥的家門前，此時，獵人哥哥家的屋頂上，哥哥那隻可愛的小花貓僵臥在那兒，死了一般。冬子想：「今天這是怎麼了，黃鼠狼嫂嫂和螃蟹大哥打仗，毛毛蟲被河水淹死了，小花貓不知為何也這樣僵挺了。」冬子呆呆地在站在獵人哥哥的門前，靜靜地看著屋頂上那一動不動的小花貓，她多想讓活蹦亂跳的小花貓活過來，圍著她「喵嗚喵嗚」撒嬌地叫啊。

就在冬子靜靜地看著小花貓，為小花貓僵死在那裡傷心的時候，獵人哥哥回來了。

獵人哥哥一看冬子的表情，就問她：「你有什麼傷心事嗎？」

冬子一指屋頂上的小花貓，眼淚就在眼窩裡直打旋轉，想往下掉。

她說：「獵人哥哥，你怎麼沒有好好地照顧牠，讓小花貓死了呢？」

獵人哥哥一聽這話哈哈地笑了，他高興地用手一拉冬子小聲說：「我的這隻小花貓沒有死，牠是在搞惡作劇呢。」

說著他把冬子拉到那排老柿子樹的後面，讓她靜心地觀察小花貓的動靜。」

小花貓呢，仍舊一動不動，僵死了一般。

一會的光景，幾隻麻雀「嘰嘰喳喳」地打著嘴仗飛來。麻雀就是這樣的傢伙，整個家庭都這樣，爭吵是牠們的最大特點，牠們沒有一點耐心，為了一點小事就會不停地爭吵。

麻雀們落在了獵人哥哥的房頂上，旁邊是小花貓。起初牠們還被小花貓嚇了一跳，趕緊飛開，但一看那一動不動的樣子，認為這是一隻死貓，無休止的爭吵是牠們的強項，於是就大膽地，忘記一切地繼續爭吵、指責著，互不相讓。

相互的指責使得牠們離小花貓的距離越來越近。

終於接近小花貓了，只見那隻看似僵死的小花貓突然一躍而起，一口咬住了其中一隻正在喋喋不休的麻雀，其他也正處於爭吵狀態的麻雀們被這突如其來的情況一下子嚇傻了，再也顧不得誰對誰錯，「哄」的一聲飛散了。

眼看那隻麻雀就要命喪貓口，柿子樹後面的獵人哥哥朝小花貓大喊了一聲：「小花貓，放開小麻雀！」

小花貓一眼就看見在喊牠的獵人哥哥，牠是很聽話的小貓，主人一喊，牠無奈地把到嘴的獵物放下，悻悻地從屋頂走到牆頭，從牆頭輕盈地跳到院子裡。

那隻被放走逃脫的小麻雀「嘰喲嘰喲」地飛著，追趕牠們那群嚇得魂不附體的同伴去了。

獵人哥哥笑著對冬子說：「小花貓心眼挺多的，牠這是一種大智慧，在創造戰機，捕捉獵物啊。」

冬子的眉舒展開了，是啊，今天遇到的事情真的是太奇特了。於是，她把今天遇到的另外幾件事情向獵人哥哥說了。

冬子又說到那天見到的一隻毛毛蟲，毛毛蟲說要過河去，今天在那找了牠一會兒，卻沒有找到，可能已經被湍急的河水淹死了的事情。

獵人哥哥又笑著說：「你不用擔心，牠已經安全地渡河了。」

冬子不解地問：「哥，河水那麼大，牠會被淹死的啊。」

獵人哥哥說：「我在河的對岸，已經見到牠了。那個醜陋的毛毛蟲，變成了一隻美麗的花蝴蝶，飛到河對岸了。我看到牠的時候，牠正在那兒興高采烈地，和牠的姐妹們在花朵上舞蹈呢！」

冬子聽了，臉上很溫馨，她為毛毛蟲有如此的本領而高興。同時，這幾次奇遇讓她也增長了知識。

21・種瓜得瓜

春天來了。春天是萬物生長的好季節，森林裡所有的小動物們都行動起來，在自己的家門前撒下種子，栽樹種花植草，精心打造幸福家園。

小喜鵲在高高的大榆樹下種上了兩粒牽牛花花種。牠種的牽牛花是兩種顏色，一種紫色，一種絳色。紫色的樸素真切，絳色的漂亮可愛，鮮豔的紅花喇叭口周邊還有一條潔白的線，花兒顯得更加大方美麗。

一場春雨過後，牽牛花種子發芽了，芽兒沿著大樹往上爬，一直爬到小喜鵲的屋門口，在一個融融的春日裡，既有紫色又有絳色。那麼多的花兒同時開放，家門口吹起了一支支喜慶的小喇叭，看著那鮮豔漂亮的花朵，別提小喜鵲有多高興啦。

小刺蝟在門前種下的是馬鈴薯。馬鈴薯花雖然不大，卻很樸素，白色的花朵，黃色的花蕊，顯示著純潔。小刺蝟呢，也是個爭勝心很強的傢伙，牠想讓馬鈴薯長得大，又要讓花兒開得多，就天天澆水，施肥。馬鈴薯棵子比誰種的棵都長得高，綠綠的顏色要滴下來呢。

一天，獵人哥哥從此經過，他見小刺蝟仍在給馬鈴薯澆水，就提醒小刺蝟說：「你這樣澆水會澇壞馬鈴薯的，澇壞了就結不出大的果實。」

小刺蝟看看獵人哥哥，一臉自信地回答道：「我施的肥是從蜣螂那兒討來的，全是上好的肥料，馬鈴薯的品種是最好的品種，你看花兒開得這麼多，棵子這麼旺，只要再有水，能結不出大馬鈴薯嗎？」

獵人哥哥見小刺蝟不相信自己說的話，就在心裡想：「讓牠有一個教訓也好，省得以後犯大錯誤。有了教訓，以後看待事物就會看到正反兩重性，避免發生片面性的錯誤。」於是，他不再說什麼，轉身離開了。

小老虎種的是一叢翠竹，竹子拔節，越長越旺，竹既有男子漢的剛正，又有女人的秀氣，節與葉透出的是生機和力量。

冬子呢，她種的是三棵絲瓜。

開始時，絲瓜秧長得很細，小熊說：「這回冬子比不過小刺蝟，你看人家小刺蝟的馬鈴薯長得多麼粗壯啊。」

冬子不急不惱，她也去找蜣螂，要了好多好多的優質肥料，認真地給絲瓜施肥。」

很快絲瓜棵爬上牆頭了，開花了，絲瓜花黃黃的，黃色的花朵既高貴又鮮豔。冬子找來小蜜蜂，讓小蜜蜂幫著傳播花粉。早開的絲瓜花朵兒一凋謝，小絲瓜就開始做妞。

冬子的絲瓜在企盼中越長越大，呵，長到最後，足有兩米長呢。

森林裡的居民都在自家門前種上了實惠美麗的植物。然而，也有不同想法的人，最有趣的當然就是小黃鼠狼了，牠怕別人到家裡來偷東西，就在門口種了好多的蒺藜。

秋天到了，收穫的季節，小喜鵲收穫了美麗，小老虎收穫了一叢翠綠。小刺蝟刨開馬鈴薯一看，牠傻眼了，那麼茂盛的棵子，怎麼結的像小地豆那麼小呢？

再說小黃鼠狼吧，自從家門口的蒺藜長起來，那蒺藜長得實在是旺盛，結了好多的蒺藜，到牠家串門的小熊踩上後「哎呀哎呀」地大叫，百靈姐姐不敢在牠家門前落，大家都怕「地雷」，小夥伴們從此再也不到牠家玩了，就連小黃鼠狼自己回家，也要小心翼翼，生怕讓蒺藜扎了腳。

再說冬子種的絲瓜，長得最好。春夏絲瓜棵像長青藤似地纏繞著家門，綠了小院，黃色的花朵那麼美麗，翠豔欲滴，同時還結了那麼多的大絲瓜，數一數，有二十顆呢。

冬子看著絲瓜想：「把它送給誰呢？」她想到了年邁的兔子大叔。兔子大叔眼不好了，過冬的食糧還沒準備好，應該給牠送去。

於是，冬子和小老虎、小刺蝟一起扛著絲瓜，百靈姐姐、小喜鵲唱著歌兒，大家一起給兔子大叔送絲瓜。

22・白瓜種、黑瓜種

冬子在小院子裡種的絲瓜長得那麼好，小刺蝟可眼饞了，牠也要在自家的院子裡種出長長的絲瓜。

小刺蝟到冬子家中討絲瓜種，路過兔子大叔門前。

兔子大叔正在曬太陽，一聽小刺蝟討絲瓜種，就說：「我家裡有呢。」於是，就領著小刺蝟回家拿絲瓜種。」

兔子大叔年齡大了，牠不但眼力很不好，聽力也差多了，牠把「絲瓜」聽成了「方瓜」，於是就拿出了兩個葫蘆頭來，牠從葫蘆頭裡把瓜種倒出來。一個葫蘆頭中是白瓜種，一個葫蘆頭中是黑瓜種。

兔子大叔說：「小刺蝟，你拿吧，能種多少棵任你拿，到時結了方瓜，別忘了給我送來一個大方瓜啊。」

小刺蝟一看那瓜種，有白的，有黑的，白的亮白，黑的烏黑，黑白分明，顆顆如同圍棋的棋子，牠想：「白的瓜種結出的絲瓜肯定又大又長；黑的瓜種，長出的棵子說不準就黑，結的絲瓜還不知是個什麼樣子呢。」於是，牠就挑白的瓜種拿了，回家撒在了小畦子裡。

瓜種顆顆飽成，不久就出芽了。之後小刺蝟把它移栽到了早規劃好的地方，牠盼著棵子快快長大，爬上架子，結出又大又長的絲瓜來。

然而，牠種的絲瓜，隨著棵子的長大，開花了，坐果了，可就是不往架子上爬。結的小瓜也是團團的，並不長。

小刺蝟就去找兔子大叔。

一見兔子大叔，小刺蝟就氣呼呼地說：「兔子大叔，你給我的是什麼絲瓜種啊，怎麼就是不往架子上爬呢？」

兔子大叔還是把「絲瓜」聽成了「方瓜」，牠說：「你要方瓜種，方瓜能往架子上爬嗎？」

「我要的是絲瓜啊，」小刺蝟大聲地說，「當時你從葫蘆頭裡倒出來兩種瓜種，一種白的，一種黑的。」

哦，兔子大叔聽清楚了，牠說：「你拿的是什麼顏色的瓜種？」

「我拿的是白瓜種啊。」小刺蝟說。

兔子大叔「呵呵」地笑笑說：「你啊小刺蝟，白瓜種是方瓜種啊，黑瓜種才是絲瓜種呢。你種的品種不對，它怎麼能往架子上爬呢？這是知識，你還得好好地學習知識才是啊。不過，結了方瓜也挺好，到時給我送個大方瓜。今年冬子又種了好多絲瓜，她送我絲瓜時，我多留種子，來年，也讓你種出又大又長的絲瓜來。」

23・賀年畫

秋風一吹，柳樹哥哥身上的葉兒都變得金黃，似披了一件黃色的戰袍，甚是好看。

小精靈冬子見柳樹哥哥變了模樣，不認識似地打量著它。她知道冬天就要來了，柳樹哥哥要準備過冬了。

柳樹哥哥樂呵呵地問：「冬子，你說我身上蓬勃的綠色好看，還是現在的金黃色好看呢？」

這還真是一個很複雜、很難回答的問題，說綠色好看吧，這一身的金黃有著它的莊嚴，說黃色好看吧，然這黃色在柳樹哥哥的身上又能存在幾天呢？它可是轉眼就要飄搖到地上的啊。

冬子一時無語。

柳樹哥哥說：「冬子，我知道你在為我將要脫去這身衣服而傷感，其實那是不必要的，金黃在我的身上雖然只有短短的幾天，但它讓我感受一個時節。綠色與黃色都是美麗的顏色，都是生命的顏色。」

「是啊，柳樹哥哥說得多好，都是生命的顏色！」冬子想。

冬，在不經意中說來就來了。一夜之間，柳樹哥哥身上那些金黃的葉子就全落到了腳下。冬子還是感覺到歲月無情，她看看那些落葉，難過得眼淚湧出眼窩。

柳樹哥哥真的很是樂觀，它說：「冬子，你不是最愛那漫天飛舞的大雪嗎？如果不進入冬天，怎麼會有那飄飄搖搖的大雪呢？冬天嚴冷，它對於我們所有的生命都是一次歷練，日月輪回，在雪花飛舞過後，轉眼春天就會來臨，我的所有枝條上不是又都吐出新的綠芽嗎？」

柳樹哥哥的樂觀給冬子帶來了精神。她看著地上那些金黃色的葉子，精靈的冬子突然想：「這可都是在柳樹哥哥身上從春到夏，從夏到秋，一路生長，一路走來，是柳樹哥哥的血肉供養起來的啊！你看它多麼漂亮，透著太陽的光澤，每一片葉像一條小船，又是最好的天然的書籤。現在，我能用它做點什麼呢？」

冬子不忍心讓這些金黃的葉片被風吹跑，她一片一片地拾起來，輕輕地放進小籃子裡。她邊拾柳葉邊端詳柳樹哥哥，柳樹哥哥那慈祥、善良、堅毅、果敢給了她啟發與靈感，她想在精心製作一枚枚書籤送給小動物們的同時，在新的一年來臨之夜，送給柳樹哥哥一張親手製作的賀年畫。

冬子把所有收集的柳葉帶回家，她找來一張大大的樺樹皮，在樺樹皮上素描出幾棵樹，樹的不遠處是一條小河，河裡還有一隻渡蚱蜢過河的小船。前面那棵最大的當然就是柳樹哥哥。她要把柳樹哥哥在這一年中最為短暫的、一身金黃、最為美麗壯觀的形象展現出來。

冬子的手很巧，素描是她的強項。畫完素描後，她找一些樹皮貼出樹幹，再用曾經從柳樹哥哥身上剪下的那些小條兒貼出樹枝，然後就是貼葉子了。金色的柳葉，每一片都顯得那麼高貴，散發出太陽的光澤，粗壯的樹幹展示著生命不屈的力量，它與群樹一起，那端莊的姿態昭示出一種博大與深沉。一張貼畫，把柳樹哥哥在這一年的這個季節定格成永恆。

雪飄了，新年就要來到了，當新的一年來臨的時候，冬子就把貼好的畫送給柳樹哥哥。

冬子看著貼畫在想，柳樹哥哥在雪花飄飄的時節，收到一幅用自己金黃葉子製作的賀年畫，一定會高興得把自己抱起來，舉過頭頂。

冬子想想，就感到幸福、溫馨。

24・小野蒜

九女墩上，冬子看到一位採藥人正在採藥，籃子裡已經採到了好幾種中草藥，其中有一種名叫「小野蒜」的草藥。

冬子近前仔細地看了看採藥人的籃子裡，小野蒜的棵很瘦小，棵棵都像發育不全。冬子想：「現在林子中的小野蒜已經很少見到了，它已經是一個稀有物種了。應該保護起來，不能讓這個小物種消失。」於是，她用手在刨起的土塊裡捏著。

土塊中，那小野蒜的上部雖然沒有棵了，但冬子捏到的野蒜果實卻挺大，都像金棗子那麼大呢。她一個一個地從土塊裡捏出來，揀沒有腐爛的放進自己的布袋裡。

這樣，從土塊中找了一陣子小野蒜後，冬子起身看看九女墩下，墩下種的地瓜，秧子已經割掉了，那大地瓜紅紅的皮，正從土裡露出頭來張望。

冬子愛森林，愛所有的動物、植物，對每一個植物都有著很深的感情。看看那片地瓜地，看看正要刨地瓜的獵人哥哥，她把自己保護小野蒜的想法說了。

獵人哥哥聽了以後說：「冬子你做得對，我們不能讓小野蒜這個物種滅絕，它既是一味很好的中藥，又是一個物種，我們有責任保護它。我和你一起做。」

獵人哥哥說做就做，他拿起钁頭，又找來鐵耙，在九女墩下面刨出地瓜的地瓜地裡平整了起來，

冬子呢，則通知小老虎、小熊、小鹿、小兔子，讓大夥從蜣螂那兒搬來好多肥料做基肥，之後，牠們動手把冬子找到的小野蒜種種進了地裡。

冬子和動物們栽得用心，管理得更認真。在冬子和獵人哥哥及小鹿、小熊、小老虎的管理下，小野蒜在畦裡幸福地生長，一個小物種就這樣被有心的冬子和獵人哥哥保護了下來。

生長的季節，小野蒜一片蔥蘢。

25・蛤蟆整容

烏鴉在去東山的路上，路過那片開闊的草地，見到了癩蛤蟆。

多嘴的烏鴉說：「癩蛤蟆，你看你那醜陋的樣子，一身的疙瘩子，就像長了大疥一樣難看不說，屁股上連一點花紋也沒有，難看死了，要是用美麗的花紋或者好看的羽毛點綴在你的身上，那就會變得異類的漂亮。猴子大哥的整容店開張了，快快去讓牠給你整整容吧。」

經烏鴉這麼一說，癩蛤蟆看看自己的模樣，小樣兒的確長得對不起大家，牠感覺自己長得實在是太醜了，細想想：「烏鴉說得對啊，是得到猴子大哥的整容店整整容。」

癩蛤蟆看看自己的光屁股就對烏鴉說：「烏鴉大姐，我想借你幾根羽毛，讓猴子大哥整在我的身上，讓我也不時地抖抖羽毛風光風光，好嗎？」

烏鴉聽了後一瞪眼說：「我這一身漂亮的黑禮服，能借你嗎？再說，你披上了我的黑色羽毛，這麼醜陋的小個子能有我的氣質嗎？讓人一看你就是個不懷好意的駭客，你再想想其他的辦法吧！」說著烏鴉就朝東山飛走了。

癩蛤蟆看著飛走的烏鴉，氣得把腳一跺說：「你個黑不溜鰍的賊烏鴉，跟鍋底一樣黑的羽毛，還不肯借我，給我，還得看看我要還是不要呢！」

生氣歸生氣，一心想整容的癩蛤蟆想：「自己整一個什麼樣的容呢？烏鴉不肯借羽毛，那就向小鹿姑娘借花紋吧。小鹿身上的花紋多漂亮啊，如同盛開的一朵朵梅花，牠可是個熱心腸的姑娘，向牠一說，牠準會支援的。」

癩蛤蟆決定向小鹿借花紋。

癩蛤蟆找到小鹿姑娘，向牠說明意圖。

小鹿姑娘真的是個熱心腸，牠聽了以後，耐心地向牠解釋說：「蛤蟆小弟，你現在的樣子不是挺好嗎？天真、大方、樸素。再說了，皮紋都是天生的，都是有自己的個性和作用的。不用借，也不能借，你真的沒必要整容啊。」

「可我想從你身上借花紋，你的花紋真的很美。」癩蛤蟆說。

小鹿姑娘仍然耐心地說：「蛤蟆小弟，我身上的一朵梅花就能同你的身體一樣大，裹起來不倫不類，多不好看啊。」

癩蛤蟆一聽這話就煩了，牠說：「怎麼不倫不類？我想整容也是為了追求美，難道追求美也有過錯嗎？你不想借，我還不願借皮的花紋呢，皮花紋不如羽毛，我向鳥兒姐姐們借羽毛去。」說著牠就氣呼呼地離開了小鹿。

借羽毛的話說出口，癩蛤蟆又犯難了，牠自言自語地說：「我向誰借羽毛去呢？」

「我借給你！」

一個聲音傳來，癩蛤蟆抬頭一看是鸚鵡大姐。

鸚鵡真是個熱心腸的好大姐，牠愛美愛得簡直就有點美痞。一聽癩蛤蟆為了美麗借羽毛，牠可高興了，忙從身上梳理下三根顏色豔麗的羽毛。

手攥羽毛的鸚鵡說：「蛤蟆弟弟，小鹿不支持你整容，她怕你美麗得超過了牠啊，說到底是在嫉妒你美。我不怕你美，整容為什麼不可以？越美麗了越好，我全力支持你。你用我的羽毛整出的容，整個森林再評選美麗使者的話，說不準你就可以得第二了。」說著牠就把三根羽毛送給了癩蛤蟆。

癩蛤蟆高興地拿著三根羽毛，一邊說著「謝謝」，一邊馬不停蹄地去找剛開張整容店的猴子大哥。

猴子大哥一見有顧客來了，拍著手喜笑著走出門，把癩蛤蟆迎進店裡。

猴子大哥聽了癩蛤蟆的具體要求後，就動手給牠整容了。牠在癩蛤蟆的屁股上鑽上三個眼，把三根鸚鵡大姐的羽毛在那鑽出的三個眼裡插好，然後用桃樹上那種高強度的粘粘膠固定上。牠的手藝很熟練，一會的工夫就整理好了。

三根羽毛彩旗一樣插在自己的屁股上，癩蛤蟆一看自己變成了這副樣子，心裡還真有點不自然。

牠說：「猴子大哥，你怎麼給我整成了這個樣子？」

猴子大哥很自信地說：「這是最新時尚，我是在為你趕潮流。從現在起你走在森林裡，我保證你贏得比以前多五倍的回頭率，眾多的目光一定會投向你的。」

「能達到你說的效果，那我可要謝謝你了。」癩蛤蟆說完，帶著疑惑走出了猴子大哥的整容店。

癩蛤蟆沒走幾步，迎面遇上了小刺蝟，小刺蝟一看癩蛤蟆的樣子，不認識似地打量著牠。這異樣的眼光真的讓癩蛤蟆得意忘形了，怪不得猴大哥說時尚呢，果真是趕了一回潮流，牠趾高氣揚地往森林廣場走去。

百靈姐姐正在歌唱。快嘴的百靈看見癩蛤蟆這麼一副樣子，就歌也唱不成溜了，笑得淚都要流出來。

她說：「癩蛤蟆，你蛤蟆屁股上插雞毛，算得什麼嘎嘎鳥啊！」

廣場上，好多動物都正在玩耍，一聽百靈姐姐「什麼嘎嘎鳥」的話，都把目光同時朝癩蛤蟆的方向投過來，一看來了這麼一個怪物，都在仔細打量，認出是癩蛤蟆以後，繼而趕過來圍住了癩蛤蟆，大家問牠怎麼搞成了這個樣子。當聽說是猴子大哥給整的容的時候，一起聲討猴子大哥的亂整容行為。

小精靈冬子看到癩蛤蟆這種樣子很難過，她語重心長地說：「癩蛤蟆，你為咱們森林吃害蟲，是有功之臣，你是綠草紅花的警察，你原來的樣子就很穩重而大方，你的心靈更美，我們大家都很尊重你。有人在分醜陋與美麗，我想外部只是一個表面現象，你高尚的行為贏得了我們整個森林居民的敬佩，你本身就是最美的。」

喜鵲大嬸說：「大家在一起時間久了，看的是心靈，而不是外表，無須把自己打扮成另類，只要你在自己的崗位上勤奮工作，我們永遠像原來一樣尊重你。」

聽冬子和喜鵲大嬸這麼一說，癩蛤蟆細一想也是，牠看看自己屁股上的鸚鵡羽毛，頓時覺得這種標新立異真的難看死了。猴子大哥還說好呢，好在哪兒啊！氣得牠用力把那三根羽毛一根一根地拔掉，扔在地上，然後走進草叢，去履行職責，捉那些危害綠草紅花的小壞蛋去了。

26・神奇的褂子

森林中有一個汪塘。汪塘中生長著蓮藕。

夏天，滿塘荷葉碧綠，蓮花盛開，獵人哥哥、老虎、喜鵲大嬸、黑熊、刺蝟大叔等，都喜歡在汪塘邊上觀賞荷塘景色。

現在是開春，蓮藕剛剛發芽的時候，獵人哥哥來到藕塘。汪塘中，水很滿，小荷的尖尖角露出來。

獵人哥哥下到藕塘，他順著蓮藕生長出的小葉伸手往泥中一摸，呵，他摸到了一大枝子蓮藕。

獵人哥哥摸到的那個蓮藕瓜太大了，那是一個他從沒有見過的大藕瓜，他把它拿上岸來，蓮藕瓜又白又胖，小銀娃娃似的。更讓獵人哥哥感到驚奇的是，他從那藕瓜身上聞到了一種前所未有的特有的醇香。

太陽暖暖地掛在天上，日光正旺，獵人哥哥看看那胖胖的藕娃娃，多好的胖娃娃啊，他怕曬壞了藕瓜，於是拿褂子蓋了。

獵人想把小銀娃娃似的胖藕瓜帶回家。

當這種想法在頭腦中一出現，獵人哥哥馬上想到了這是自己不應該有的自私，這麼胖的蓮藕瓜，能生長出好大好大的蓮藕，能開出最漂亮好潔白透著胭脂紅的花朵，它可是今年滿塘碧綠的希望，把它摸上岸已經就很不對了，怎麼還想把它帶回家呢？它是有生命的，它的家在這汪塘，它是屬於大家的，春天來了，應該讓它好好生長。於是，獵人哥哥在繞汪塘轉了一圈後，決定把這正在生長的蓮藕放回塘裡。他要看到它生長出最大最綠的荷葉，看到它開放出最美最豔的花朵。

獵人哥哥輕輕掀起褂子，拿起那枝子小銀娃娃似的蓮藕下到汪塘。他知道那隻可惡的小猴子經常順著蓮藕的小葉下水摸藕瓜吃，不能讓小猴子把這枝蓮藕撈了去，於是他走到水很深的地方，把那個大蓮藕瓜重新放回泥裡。

放好蓮藕瓜回到岸上，當獵人哥哥提起褂子的時候，一種意想不到出現了，他竟然從自己的褂子上聞到了一股撲鼻的香氣。那香氣是從他的褂子上發出的。他知道，那是蓮藕所留下的香氣。

香氣聚集起好多好多的螞蟻。

隨著春風在大地上行走的螞蟻們聚集在褂子上，牠們在咀嚼著那種香氣，吃著初冬時人們從汪塘中撈上來的、卻棄之不要的那些蓮藕的根塊。只見螞蟻們吃到嘴裡後，又一個意想不到擺在了獵人哥哥的面前，螞蟻們竟然牛反芻一般，把吃到嘴裡的東西再吐出來，所吐出的東西，如藥片大小，卻像發麵卷子一樣的形狀，外面還有一層木醇糖一樣的糖衣，就像機器加工出的產品一樣的丸藥。那丸藥簡直就是從一個模子裡扣出來的。

獵人哥哥聞聞滿是香氣的褂子，他仔細看了看，褂子上隱隱有蓮藕的花朵，他感覺這件褂子在覆蓋了那個胖娃娃似的蓮藕瓜後，具有了神奇功能，有了從前沒有的價值。是這種功能聚集起了螞蟻。再看看螞蟻們製造出的那些丸藥，他想，螞蟻是了不起的動物，牠能馱起比自己身體重七倍的東西，吐出的這種東西肯定是保健品，通過這種反芻後的丸藥對世間定會有大的作用。

想到這，獵人哥哥更加珍視那件經過胖乎乎的蓮藕瓜香氣熏過的褂子。他小心翼翼地把它收起來，把那些螞蟻們製造出來的丸藥裝進布袋。他知道這種丸藥對森林居民的身體會有好大好大的好處，年邁的兔子大叔、生過病的老獾、受過傷害的小鹿，還有那隻冬眠被打擾了的老熊，牠們都需要強壯的身體。

再就是這種丸藥的市場開發潛力具大，他要讓螞蟻們在神奇褂子的作用下，多吃多造，到那時，他要走出森林，去創辦自己的工廠，讓鄉親們、讓人類受益。

回到他的小木屋後，獵人哥哥就把褂子放下，他首先要做的就是試驗一下這件神奇的褂子，還像不像在汪塘邊上那樣神奇。他一放下，不知在哪兒的螞蟻突然從地下冒出來似的，聞著香氣，成群結隊地向他的褂子爬來。獵人哥哥把那準備好的蓮藕塊拿出來，讓螞蟻們聞著香氣，吃蓮藕的根。

螞蟻們辛勤地工作著，不知疲倦，吃後，便將一粒粒丸藥吐出來。就在獵人哥哥不知不覺中，螞蟻們已經製造了好多好多，牠們是那樣賣命地勞動，吐著吐著，一隻老螞蟻竟然累得不動了，死了。

看著不再有生命的老螞蟻，獵人哥哥很是傷感。就在他傷感的同時，猛然，他看到那件褂子一閃一閃，似是在向他亮起了紅燈，紅燈讓獵人哥哥猛醒，他立時明白了，老螞蟻的死是自己的貪心所致。褂子上已經具有了一種魔力，只要把神奇的褂子往那一放，再配上一些必要的食物，螞蟻們在神奇褂子的作用下，就會不知疲倦地、拚命地工作，直到獻上生命。

獵人哥哥在心痛的同時，想到任何事情都要有限度，超過了，就會以犧牲他人為代價，要想長久，應該讓螞蟻們有個的工作和休息調配適當的時間表，不能讓螞蟻再這樣拚命，只有關愛牠們，才會有更大的效益。於是，他經過科學地分析，制定了一天收集螞蟻們製造的丸藥九十九粒，不能超過這個量。從此，每天太陽從地平線上升起的時候，獵人哥哥就把他那件神奇的褂子拿出來，讓螞蟻們工作，有了九十九粒丸藥後，他就把那神奇的褂子收起來。

就這樣，在蓮藕娃娃的香氣薰陶下，獵人哥哥一件神奇的寶貝褂子，讓螞蟻們忙碌，源源不斷地製造丸藥，最大化地獲得最大效益。他把丸藥分發給森林居民，老獾的骨骼強壯了，老熊恢復了體力，兔子大叔來了精神，獵人哥哥為找到了一個為森林百姓服務的好專案而高興。

27・滿天星

小熊聽說獵人哥哥給冬子在水盆裡種出了星星，就纏著自己的爸爸老熊，要老熊也給牠種一顆星星。

老熊爸爸樂呵呵地說：「好啊，我不但給你種星星，還要讓你把滿天星攥在手裡呢。」

小熊一聽爸爸能讓自己把滿天星攥在手裡，那可是滿天的星星啊，牠可高興了。小熊問爸爸什麼時候讓牠把滿天星星攥在手裡。

老熊爸爸笑了笑反問：「你想什麼時候？」

笨笨的小熊有個笨心眼，牠想，把滿天的星星攥在手裡，這是不可能的事情，只有在夢中。

小熊就問爸爸：「是不是讓我做一個美夢？」

老熊爸爸煞有介事態度認真地說：「夢中是虛擬的，我讓你在現實中攥一把滿天星。」

小熊驚奇地望著爸爸，心想：「森林的猴子大叔、鸚鵡大嫂等都笑我是笨笨熊一個，真想不到爸爸是一位那麼有能耐的好爸爸，牠能讓我手攥滿天星啊。」

小熊再次問道：「爸爸，你讓我手握滿天星，是今天晚上嗎？」

老熊爸爸不急不躁地說：「任何事情都要等待，要有耐心，都要有個過程，攥滿把的滿天星同樣需要時間。你不要急，你想，不等滿天星星長出來，你能攥得到嗎？急了，怎麼會採到滿天星星呢？」

小熊為有這麼一個有作為有本領的好爸爸而高興，牠一遇到小朋友就神氣又驕傲地說：「我們不久就會有星星了，我的爸爸不但給我一顆星星，還是滿天星喔，牠要讓我把滿天星星攥在手裡呢。」

爽快的小老虎一聽就反駁說：「你爸爸騙人，星星在天上，牠怎麼能有本事把星星採下來讓你攥在手裡呢？」

小鹿說：「別說把滿天星攥在手裡，就是採一顆，你爸爸也沒有那種本事。」

冬子說：「星星只能種在天空裡，種在湖水裡，種在江河上，哪能攥在手上呀！你爸爸這個大騙子，連自己的兒子都騙，是個可惡的大壞蛋！」

獵人哥哥聽了他們的對話後，看看滿臉尷尬的小熊，他打斷冬子的話說：「你們不要這樣說話，要想到任何事情的結果都可能會出現出奇不意，小熊的爸爸說得對，到時，牠真的會把滿天星讓小熊攥在手裡的。」

獵人哥哥這麼一說，小老虎、小鹿和冬子及其他小動物們不再說什麼，因為獵人哥哥經多見廣，到時，或許真的老熊能讓小熊手捧滿天星的。但他們也要耐心地等待，實踐是檢驗真理的唯一標準，看看這個老熊有什麼辦法讓小熊手攥滿天星。

時間過得真快，轉眼冰融了，雪化了，春暖花開的日子來臨了，山坡坡上、地堰上的石竹子花，粘粘朵、老鴰花，老鼠球五顏六色，開得鮮豔。這一天，老熊手裡拿著一束草花從山崗上回家，遠遠的，牠就樂呵呵地招呼正在和小朋友們玩耍的小熊。

春天是個好季節，廣場上，小熊和小夥伴們玩得正起勁呢。老熊連連喊了牠幾聲牠也沒聽到。

老熊走到小熊的跟前，拍拍小熊的臂膀，說：「小子，你不是讓老爸給你摘星星嗎？那時我是怎麼告訴你的？」

小熊一看老爸，忙停下了玩耍，牠回答爸爸的話說：「你要讓我手攥滿天星啊。」

「是的，我是說讓你把滿天星攥在手裡的，」老熊爸爸說，「今天我就讓你把滿天星攥在自己的手裡。」

小熊聽了，樂得不知說什麼好，牠感覺自己是最有福氣的人，能把滿天星攥在手裡啊。老爸呢，則是世上最偉大的人，牠能採摘滿天星。

牠高興地拍著小巴掌對爸爸說：「爸爸，快給我摘滿天星，快給我摘滿天星。」

老熊爸爸把手中的草花舉得高高，說：「我這不是把滿天星採摘到了嗎？你看這兒，一朵小花兒就像一顆小星星，閃爍在我們生活的上空，這種花兒就叫『滿天星』，我已經採摘到了。」

老熊爸爸說著就把手中的那一束滿天星遞到小熊的手裡。小熊手攥滿天星，仔細地看著，雖然不是天上的星星，但它的名字叫「滿天星」，看看那小小的樸素的花朵，小熊心裡有著說不出的高興。

旁邊的冬子看在眼裡，記在心裡，她深深地佩服老熊爸爸，深感採摘滿天星的老熊真的了不起，不但幽默，而且富有智慧。

28・森林運動會

森林裡要開運動會，每一個居民都根據自己的特長報名參賽項目。

上一次森林裡召開運動會的時候，呵，最聰明的反面當然是最糊塗，機靈的小猴子報了慢騎自行車，老烏龜老想著龜兔賽跑的故事，報了一個千米賽跑，笨拙的小黑熊報了跳高，胳膊上沒有多少力氣的小鹿報了投擲。結果呢，誰都能想像得到，小猴子性子太急，慢騎怎麼能是牠的強項呢？老烏龜賽跑，那樣的速度你想想牠又能贏誰呢？小黑熊跳高時一下子摔了一個大跟頭，臉都蹭破了，幸虧下面的沙子厚，才沒出大事。最滑稽的是小鹿的投擲，那姿勢不說，還讓投出去的鐵餅帶得往前跑了好多步。

這次，聰明的小猴不再盲目，牠早早來到冬子的家，來找小精靈冬子商量一下自己報什麼項目合適。

來到冬子家門前的小猴一看，呵，小鹿和老烏龜早早地坐在了那兒呢，牠們都是來請冬子在這次運動會上的參賽項目給當當參謀的。

冬子對小鹿說：「你的強項當然是賽跑。你想，你跑起來的速度就像颳風一樣快，虎大哥和豹大哥都追不上，你跑三千米，我感覺不得第一起碼也是第二。」

小鹿高興地說：「有你這句話，那我就報賽跑。」

「那我呢？」老烏龜瞅著冬子問。

冬子看看老烏龜，對牠說：「你有能頂千斤的力氣，你應該報舉重，這個項目的冠軍，我覺得非你莫屬！」

老烏龜一想也是，自己能將一通高大的石碑馱起，舉重肯定不在話下，於是就高高興興地同小鹿一起報名去了。

小猴子走進冬子家門裡，剛要對冬子說出自己的想法，就聽一個甕聲甕氣的粗嗓門在身後說道：「往後靠，往後靠，俺想諮詢一下哪一個項目俺能得金牌。」邊說邊揚起了巴掌。

小猴子回頭一看，呵呵，是老黑熊來了，後面還跟著牠的兒子小黑熊。

小猴子此時真的出奇機靈，牠看看老黑熊那不認人的巴掌，忙往後讓了讓，讓老黑熊走到了冬子的面前。

老黑熊粗聲粗氣地對小精靈冬子說：「小冬子，你看看我的孩子小熊適合哪個項目？這回得讓牠拿金牌，得不到金牌，過後我可是要來找你的。」

冬子看看老熊，又看看小黑熊，她笑著說：「牠的胳膊這麼粗，又這麼有力氣，這次，就讓牠報投擲吧。」

「那我呢，我也要參加運動比賽，讓大夥看看我的本事，我可不像牠們說的那樣懶惰。」

「你力大無比，摔跤方面，有誰敢跟你摔啊？你就參與摔跤比賽吧。」冬子對老黑熊說。

老黑熊和小熊聽了後，滿心歡喜地告別了冬子，忙著練習牠們的專案去了，牠們爺兩個都要得第一，拿金牌。

小猴看看此時沒有其他人，一下子跳到冬子屋中間的那個大木墩子上，讓冬子參謀一下牠應該報什麼項目。

冬子說：「你剛才的動作是什麼，還用問嗎？」

小猴看看冬子，「我，我」了兩聲後機靈的牠吱吱地笑了，說：「那好那好，我就報跳躍了，我報名參加在樹林間跳躍。」

在冬子的指導下，老龜舉重，小鹿三千米賽跑，小猴子跳躍，小黑熊投擲，老熊摔跤，在新的一屆運動會上，人人拿出了自己的強項，都取得了前所未有的好成績。

29 · 潔白的柳絮

小精靈冬子自由自在地走在森林裡。春天來了，花兒開了，小鳥的叫聲格外清脆，她快活地唱著一首〈春天來了，小草探出了小腦袋〉的兒歌。

一陣春風吹過，漫天飄起了潔白的雪朵，最愛雪的冬子趕忙用手去捉那些飛舞的雪花。雪花兒有意躲避她似地，輕輕地向上、向左、向右飄去。

冬子看著那雪朵，她選擇了一朵最大、最漂亮的，對著它追啊追，她追到了小熊採蘑菇的那片小樹林，追到了小老虎與小鹿玩耍的那座小山崗，追到了小溪邊上。

小溪邊上，一隻蝴蝶正在深情地對著一朵剛剛開放的花瓣親吻。蝴蝶見冬子追雪花兒，就忙幫她把那片大雪朵逮住。冬子把雪朵捧在了手裡，她看啊看，多麼美麗的雪朵啊，白棉花一般輕盈，白雲一般的純潔。

雪朵在冬子的手中，在這個春風拂袖的季節裡沒有化，冬子知道它不是雪，叫柳絮，是這春天來臨，二月春風一颳，老柳樹哥哥為懷念那個冬季而特意下的一場柳絮雪。

酷愛雪的冬子要感謝老柳樹哥哥，是它為她在春天裡帶來雪的意境，讓她夢回聖誕之夜，和聖誕之夜後的溫馨。她要當著老柳樹哥哥的面，親自謝謝老柳樹哥哥。

冬子來到老柳樹哥哥的身邊。老柳樹哥哥正在揮動他所有的枝條，收集那些紛飛的柳絮，那些潔白如雪的柳絮已經被它收集了好多好多。

冬子看到它在不停地收集柳絮，就不解地問：「老柳哥哥，你就讓如雪的柳絮盡情地飛有多好啊，這意境太美妙了，它是天宮在春日裡降的雪朵啊，為什麼還要收集起來呀。」

老柳樹哥哥看看冬子，它很愛冬子，這是個可愛的小精靈，於是就笑笑說：「我收集起來一些春天的雪朵，是因為我有一個小小的心願，我要用這些雪朵做一樣東西，在冬天來臨的時候，送給你一件最好禮物。」

冬子聽了高興地說：「是嗎？那我要謝謝老柳樹哥哥了。是什麼禮物，你能提前告訴我嗎？」

柳樹哥哥扮了一個滑稽的臉相說：「那可不行，我要讓你到時候得到一個驚喜呢！」

冬子見老柳樹哥哥保密，也就沒有再問下去。是啊，冬天來了的時候，有一份特殊的禮物，且還是一份驚喜，那將是比什麼都重要的禮物啊。於是，她把自己手中的那片大的雪朵放進了老柳樹哥哥收集的柳絮中間。

時間過得真快，剛剛還是小溪歡快地唱著歌兒，蝴蝶追逐著開放的花朵，每一片樹葉都像小手在歡快地搖曳的當兒，轉眼蝴蝶姐姐冬眠了，樹葉兒打著秋千一般落地了，小溪的上面結上了銀亮亮的一層冰，冬天來了。冬子盼老柳樹哥哥送她的特殊禮物的季節真正地來了。

「老柳樹哥哥送的禮物是什麼樣子呢？」冬子一直在想。

雪悄悄地落著，這是真正的雪朵，耶誕節，聖誕老人讓小鹿拉著的車輛由遠而近，聖誕之夜，冬子來到柳樹哥哥的身旁，她要得到久久不能忘懷的、老柳樹哥哥送給她的特殊禮物。

夜深了，在聖誕之夜，老柳樹哥哥把禮物拿出來了，那是一件多麼情深意切的禮物啊，果真給了冬子一個驚喜。原來，它是柳樹哥哥把春日飄飛的柳絮收集後，請喜鵲大嬸幫忙給冬子做了一件又輕又漂亮的柳絮服。

冬子一看柳絮服，情不自禁地跳起了舞蹈。跳了一曲舞蹈後，她把柳絮服穿在了身上，一穿在身上，小冬子可漂亮了，更顯得大氣美麗，樂得柳樹哥哥和喜鵲大嬸不停地點頭。輕輕的柳絮服，溫暖了冬子的身，更溫暖了冬子的心，她為老柳樹哥哥和喜鵲大嬸唱了一首歌兒後，攀在柳樹哥哥的身上，對著柳樹哥哥蒼老的臉深情地吻了一口。

美麗的雪朵如同潔白的柳絮，在聖誕之夜，有這個祥和的晚上，繼續地飄飄揚揚著。無聲無息地飄飄揚揚著。柳絮如雪，雪同柳絮，冬子感受到了一個全新的冬天裡的春天。

30．篝火晚會

一個風雨交加的夜晚，小木屋內，獵人哥哥在如豆的燈光下調試他的獵槍，他要在雨過天晴之後走進森林，獵取他想得到的獵物。

隱隱約約他聽到柴門外有一悲悲淒淒的聲音，那聲音時斷時續，讓他心神不寧。於是，他放下手中的獵槍，走到柴門外面，藉著讓黑夜更黑的閃電，尋找聲音的出處。

一個亮閃之後，獵人哥哥看清了，木柴旁趴著一隻受傷的小鹿。多溫順的小鹿啊，牠受傷了。一種憐憫之心湧上獵人哥哥的心頭，他走上前去，在漆黑的夜色下蝦腰把凍得發抖的濕漉漉的小鹿抱起，讓小鹿回家。

把小鹿進入小木屋後，獵人哥哥細心地為小鹿擦了擦周身的雨水，他把燈頭挑大，細看著小鹿身上的每一處傷口。

這隻小鹿傷得真是不輕。面對獵人，牠顫抖著，用驚恐的目光望著，不知所措。

獵人哥哥呢，以和善的目光，邊看牠的傷口，邊輕聲地說：「別怕，別怕。」

獵人哥哥仔細地一處一處數了數那些帶血的傷口，共有十七處之多。不慎落入武夫之手的小鹿那十七處傷痕，每一處都讓獵人哥哥心痛。為了醫治小鹿的傷，獵人哥哥就用蟬聲花露、虎膽熊心、天蠶菟絲、當歸紅娘子、月亮的光、清風的影，和著山泉的叮咚，為小鹿療治傷痕。

為小鹿上了藥後，獵人哥哥用手輕輕撫摸著小鹿的耳朵、小鹿美麗的毛髮。這是一頭多麼美麗的小鹿啊，牠需要溫馨的撫愛，需要用心靈呵護。獵人哥哥心的真愛，這讓小鹿想起了媽媽教牠的〈冬天裡的春天〉的歌謠。

獵人哥哥精心呵護著牠，親手採集為小鹿療傷的草藥，輕輕在牠傷口衍敷，愛，輕輕叩響心的門環。經過七七四十九天的療治，清澈甘甜山泉水的清洗，七七四十九天，小鹿的傷疼漸漸地輕了，牠又可以快樂地舞蹈。

但是，當小鹿一看到小木屋內豎在牆根的獵槍，和那掛在牆上的一個個套子，便驚恐萬狀。牠害怕那些打著死結的圈套，牠已經被圈套傷得心碎，牠看清了圈套的真實面目，在這裡，原來那圈套周邊的美麗鮮花蕩然無存。

陽光溫暖地照耀在大地上，風兒也不再颳得那樣急，小溪的水聲格外清脆，小鹿在小溪邊上喝了幾口山泉水後，想想那些圈套，想想自己身上的傷痕，牠決意離開帶著槍和套子的獵人，於是撒腿奔向森林，不再返回木屋。

獵人哥哥不見了他心愛的小鹿，心被揪起來似地疼痛，他知道，林中還有好多心懷叵測的人下了那麼多的圈套啊。於是，他走出柴門，進入森林，他翻過一座座山崗，越過一道道溝壑，跨過一條條河流，走過一片片沼澤，七七四十九天的苦苦尋找，卻沒有見到他的小鹿，他悵悵地望著天上的一顆顆星星。

「我一定要找回小鹿。」獵人哥哥說。

獵人哥哥想到了小鹿為何逃跑的原因，他決定把自己的獵槍和套子統統毀掉。於是，他用斧子劈了獵槍，用砍刀剁了圈套，他走到森林廣播站，讓喜鵲大嬸在森林廣播站一遍遍地廣播著，這是他的承諾。然後，他要讓喜鵲大嬸和小白鴿向森林的所有小動物們傳遞信息，他要辦一場篝火晚會，當著所有動物的面，把獵槍和圈套統統燒掉。

森林裡所有的動物們聽說獵人哥哥把獵槍砸了，把圈套剁了，紛紛來到他的小木屋前。小熊捧著蘑菇來了，小猴拿著山裡紅來了，小老虎領著小兔子來了，百靈鳥兒唱著歌兒，小白鴿銜著一束鮮花來了。最讓獵人哥哥感動的是，他的小鹿銜著靈芝來了，一隻隻鳥兒在枝頭鳴叫著。獵人哥哥眼裡含著淚水，將親愛的小鹿攬在懷裡。

篝火晚會如期進行，紅紅的火焰染紅了空曠的原野，這生命之火讓小動物們格外振奮，更讓牠們振奮和感動的是，那燃燒著架起的木柴上，獵槍在燃燒，所有的圈套化為灰燼。大家圍著篝火跳起了歡樂的舞蹈，篝火烤紅了天上的星星。小精靈冬子當即作了一首詩：

春天的大太陽，
升起在山東的山頭，
溫暖著河北的北島。
灰的往事被風叨走了，
採下黃的、紅的、白的、紫的花瓣，
縫一個花荷包，
掛在獵人哥哥的胸前。

31・森林裡的聖誕之夜

這是一片很大的原始森林。

聖誕之夜，大雪紛飛，年輕的獵人哥哥打扮成聖誕老人的模樣，把早已準備好的乾蘑菇、松籽、棒棒糖、小甜點，青草，放進大大的背囊裡。為了讓小麅子吃到鮮嫩的草，傍晚時分他還特意到那個四季如春的溫泉旁邊割了好多的嫩草兒，他揹起背囊，和他的小鹿走出家門，他們要給森林裡的每一位小動物送去聖誕禮物，祝福牠們聖誕快樂。

他們來到一棵大樹旁，獵人哥哥和他的小鹿知道，這裡是小熊的家，他輕輕敲了敲門。

早已冬眠的小熊聽到了，無精打采地問：「是誰在打擾我呀？」

小鹿說：「是我和獵人哥哥給你送聖誕禮物來了。」

小熊說：「那好，放在門口吧，明年春天我再好好和你們玩，我正在做我們一起圍

著篝火跳舞唱歌的美夢呢，別打攪了我的好夢。」說著繼續睡牠的覺。

「這真是個懶傢伙。」小鹿說。

獵人哥哥把小熊最愛吃的乾蘑菇拿出來，放在了牠的門口。

離開懶洋洋的小熊，他們來到喜鵲大嬸的屋下。

小鹿對著喜鵲大嬸說：「大嬸，獵人哥哥給你送聖誕禮物來了。」

喜鵲大嬸一聽高興地說：「喲，聖誕禮物是送給孩子們的，怎麼也給我送來了？」

小鹿說：「我們也給您的孩子準備了一份呢，是獵人哥哥在劈柴時，把那些蝗蟲保留起來，今天夜裡專門給你和您的孩子送來了。」

喜鵲大嬸說：「那我真的要謝謝你們了，到家裡來玩玩吧！」

獵人哥哥說：「不了，我們還有好多的聖誕禮物，要送給每一位動物小朋友呢。」

突然，「呱呱」的幾聲叫，在漫天飛舞的雪夜裡顯得特別清脆，獵人和小鹿知道，這是正在到處閒遊的小貓頭鷹。

小貓頭鷹飛到他們面前毫不客氣地問：「有沒有給我準備的禮物？」

打扮得很像聖誕老人的獵人哥哥呵呵地笑著說：「當然有你的了，過耶誕節嘛。」

小貓頭鷹又問：「給我準備了什麼禮物？」

快嘴的小鹿說：「是隻小田鼠。」

在牠們對話的當兒，獵人哥哥就把小田鼠從背囊中拿了出來。

貓頭鷹一看卻說：「這隻田鼠怎麼不動啊！」

「今夜是個祥和之夜，我們不能殺生，是我下午專門為你做的白麵小田鼠，你看看，高興嗎？」獵人哥哥說，「哦，不但有你的，我還給小田鼠準備了好多的棒棒糖呢。」

小貓頭鷹接過，高興地捧著小田鼠，「呱呱」叫著飛走了，牠要向媽媽報告收到聖誕禮物的喜訊。

隨後，獵人和小鹿又來到了小老虎居住的山洞門口，給小老虎送去了一本冬天的童話的小人書。再來到小松鼠住的小木屋，給小松鼠送去了松籽。接著，又給正在一堆樺樹皮上睡覺的小麑子送去了青草。

他們在雪地上走著，一家一家送去祝福與問候，對於獵人和小鹿，這是多麼幸福快樂的一夜啊。

不知不覺快要天明了，他們回到獵人哥哥住的小屋。一進門，讓獵人哥哥和他的小鹿感覺了春天的溫馨，火炕暖融融的，炕上還有好多的瓜籽和糖果，一看他們就知道肯定有人來過。

哦，是真正的的聖誕老人來過，炕上還有一張字條。獵人哥哥忙拿過字條一看，上面寫道：

年輕的獵人，你用愛心收留了受傷的小鹿，功德無量，今後你也要像現在這樣好好地待你的小鹿，相信這個世上好人終會好報的。

外面的雪朵仍然在飄，屋子裡卻是溫馨又溫暖。

32・滴滴水的家

獵人哥哥院子外牆上有個不大的窟窿，窟窿靠近地面，一隻叫「滴滴水」的小鳥兒就把家在這個靠近地面的窟窿裡。

滴滴水的名字由來很簡單，牠「滴滴水，滴滴水」地叫聲很清脆，人們都叫牠「滴滴水」了。牠雖然只有麻雀那麼大，卻是百靈鳥的遠房表姐，同百靈一樣，是唱歌的高手。再者，牠身上有著喜鵲大嬸那樸素大氣的黑白花紋。

把家安得離地面那麼近，別說小鹿、小老虎、花喜鵲，就是老刺蝟也為牠擔心呢。老刺蝟走過來對滴滴水說：「滴滴水，黃鼠狼那兩口子可是沒長好心眼子啊，你看你家這麼矮，沒有安全保證啊！萬一牠老黃起了歹心，夜深人靜時想傷害你，那可怎麼辦啊？」

滴滴水呢，仰臉朝天看了看，天空很遼闊，牠對老刺蝟說：「我的家很安全啊，你看離天這麼高，能不安全嗎？」

「你應該往地上看，看看下面與地的距離。」老刺蝟提醒牠說。

滴滴水沒有聽老刺蝟的話，唱著歌兒，振翅一飛，找牠的表姐玩耍去了。

一天晚上，獵人哥哥從外面回家，老遠，他就見黃鼠狼兩口子鬼鬼祟祟地朝滴滴水的家摸去。眼看到了滴滴水的家，前頭的公老黃把爪子都要伸到滴滴水的門裡了。

獵人哥哥大聲喊道：「黃鼠狼，你想幹什麼！」

突如其來的一聲喊，把黃鼠狼兩口子嚇了一大跳，回頭一看是獵人哥哥來了，沒安好心的黃鼠狼兩口子拔腿就跑。

這時，在夜間尋找食物的老刺蝟從此經過，牠對獵人哥哥說：「虧得你來到，不然就出大事了。這個滴滴水，我讓牠搬家，牠卻說：『你看，離天遠著呢。』」

獵人哥哥笑著說：「滴滴水啊，牠的眼睛只往上看，牠才自我感覺離天很高，安全了。哦，我明天在牆的那面，為牠建一個新家，讓牠搬過去，牠的安全問題就不用擔心了。」

獵人哥哥說到做到，第二天一早，他就在院子裡為滴滴水營造了一個舒適的小窩，從此滴滴水一家子有了一個安全的新家。

33・紅草莓

小黑熊在森林裡的一片草地上，發現了一大片草莓。草莓做了好多的果，顆顆飽滿，紅紅的，晶瑩剔透，閃著亮亮的光澤。

小黑熊高興極了，心想：「這麼一大片草莓地，這麼多的草莓果，都是我的果實，我要好好享受它。」

面對紅紅的草莓，早就饞涎欲滴的小黑熊急不可待地摘下一顆又一顆的草莓果，專挑大的、熟透的上等果，洗也沒洗就吃起來。吃了一陣子草莓後，小黑熊想：「這個地方應該有個特別的名字，叫什麼名字好呢？是我發現的它，就叫『小黑熊草莓地』吧。」

小黑熊發現的這片草莓地陽光充足，土層肥實，雨水豐沛，草莓長得格外茂盛，結出的果子也就格外香甜。牠很愛這片草莓地，這麼多的草莓果，獨自一個享用，吃飽了還想再吃，直到吃得小肚兒圓圓的，然後躺在太陽底下曬著睡一覺，是多麼愜意的事情啊。

就這樣，小黑熊一整天在草莓地裡晃蕩著，有草莓果吃的新鮮快樂生活給了牠豐富的想像。站在草莓地裡，牠猛然覺得自己不再是灰頭灰腦的小黑熊，而是草莓王子，是森林裡人人羨慕的草莓王子。

面對這一片草莓地，吃飽了、睡足了的小黑熊想：「我是不是讓小鹿姑娘、小老虎、老獾大叔也來享用一下這麼多的草莓果呢？」但小黑熊是有私心的，牠馬上又想：「告訴外人，大家都來了，我還有這幸福的生活嗎？不能告訴外人，這是我的私有財產，不能告訴外人！」

小黑熊懷著不讓任何人知道牠的祕密的心態回家了。三天以後，牠又要來草莓地，可是走錯了地方，怎麼也找不到了。又過了三天再來，還是沒有找到。再過三天，這次牠細心地找，終於找到了，但草莓季已經結束了，熟透的草莓落了一地，牠拾起來一個放在嘴裡，根本沒有甜味了。

小黑熊回家把這事告訴了老熊爸爸。

爸爸說：「人有私心無可厚非，但怎麼能自私到不讓任何人知道呢？應該讓大家分享草莓果，只能那樣，你在大家的眼裡才更加可愛。」

聽了爸爸的話後，小黑熊想：「那一片草莓地是大家的，明年草莓結果時，我一定把大家帶去，讓朋友們一起分享。」

34・牧羊人和老山羊

森林附近，牧羊人正悠閒地放牧著他的羊群。

牧羊人頭戴一頂乳白色小沿帽，但那張經風經雨經陽光的臉仍然被日頭曬得黑黝黝的。天色漸晚，雨點落著，蚊子在他的上方面飛動。這時的他應該回家了。

牧羊人放牧的羊兒並不多，六隻。一隻老山羊，鬍子很長，牠留著爺爺輩的鬍子，牠身後的羊孩子們很聽話，老山羊在哪兒吃草，那些羊孩子們就跟在牠的身後到哪兒吃草。

牧羊人手中有條鞭子，但他沒有甩響，因為他的羊們很聽話。天色漸晚，他還坐在一塊石頭上抽著煙袋。那煙袋是黃銅鍋子，綠石嘴子，不長的煙袋桿上掛著一隻煙荷包。

牧羊人正在抽著煙，忽然聽到了一把聲音說：「喂，請你不要吸煙好嗎？」

他打量了一下四周，並沒有人在喊他，於是牧羊人繼續抽煙。

這時，又是一句「請你不要抽煙」的話傳來。牧羊人再看看遠近，並沒有發現任何人。他想：「這聲音是從哪兒來的呀？」細心的他開始觀察，接著，在他又抽一口，又聽到同樣勸說的聲音的時候，他看到了，是他的頭羊的嘴在動著呢。

牧羊人又驚又喜，他起身上前一步，摸摸頭羊的角，親切地問道：「老山羊，是你在同我說話嗎？」

「是的，」老山羊說，「這裡靠森林很近，森林裡有那麼多的大樹，那麼多的動物朋友，那麼多的植物，吸煙點火是很危險的。為了保護森林，森林裡的所有動物都不吸煙。」

老山羊的幾句話把牧羊人說得口服心服，在森林的邊上，是要嚴禁火種的。

他忙把煙弄滅，然後摸著老山羊的鬍子說：「老山羊，你要知道，我整天放牧，沒有人能同我說話，我內心是多寂寞啊！我苦悶，在苦悶的時候，也就把吸煙當作一種排遣苦悶的方式了。」

「那你可以唱歌啊，」老山羊說，「你每天傍晚走在回家的路上時，你都唱起那麼好聽的山歌。我們也是喜歡聽歌的，聽了，你知道有多高興嗎？那時，樹們、小草們，和那些在樹叢中、地壢上的小動物們都在聽你的歌聲啊！」

「是嗎？」牧羊人笑了。

他看著天黃昏了，於是打了一個響鞭，說了一聲：「回家！」慢慢趕著他的羊兒往家走去。

牧羊人放開喉嚨唱歌了，雨點兒悄悄地落著，蚊子在他的上空飛動，他的歌聲飄得很遠，森林邊上的小動物們肯定都在用心聽他歌唱呢。

35 ·紅嘴雀、黑嘴雀

黑嘴雀是一隻壞鳥，牠的最好朋友就是大灰狼。森林裡前些天發生過一起大案：一隻小麅子失蹤了！失蹤當天，百靈鳥曾經見到小麅子和黑嘴雀在一起，之後小麅子就不見了。大家都感覺黑嘴雀有重大嫌疑。

小鹿姑娘正經過黑嘴雀的家門口，黑嘴雀的嘴巴雖然很黑，卻很甜，牠說：「哎呀，小鹿姑娘，我好長時間沒有見到你了，出落得這麼美麗大方了！來，快讓大嬸看看。」說著就到了小鹿的身邊。

黑嘴雀仔細看了一陣子小鹿後，用詢問的口氣說道：「哎，你聽說沒有？北山前的山泉旁，有一片石竹子，這個季節竟然開花了，開得可美了，要是採一束送給你的媽媽，那該多好啊！」

小鹿說：「前幾天我去過，那地方的草青都不青的，花兒怎麼能開放呢？」說完小鹿離開了黑嘴雀。

小鹿心想：「這都什麼天氣了啊，冬日裡，百草枯死，哪有什麼花兒青草啊，還說什麼石竹子花開放，送給媽媽？」她才不聽那不著邊際的話呢！

小鹿剛走出幾步，牠們的對話讓經過此地的黃鼠狼聽到了，黃鼠狼大嫂想：「都說我壞，我只不過偷吃人家的雞罷了，我沒製造謠言啊，這不是在散佈謠言嗎？」

正巧兔子大叔、老獾大哥走來，黃鼠狼攔住小鹿姑娘做證明，藉著黑嘴雀的話，諷刺批判了黑嘴雀一頓。

一隻紅嘴雀飛來，一聽牠們的話後，向小鹿和黃鼠狼大嫂、老兔子證實了北山泉旁石竹子花開了的消息。雖然紅嘴雀證實，但黃鼠狼嫂嫂是絕不相信的。聰明的小鹿卻在動腦筋，牠想了想：「為什麼紅嘴雀阿姨也這樣說呢？自己已經好長時間沒到北山的溫泉旁了，要親眼看看才知是真是假。」

於是，小鹿第二天便專門約上了小老虎、小兔子和喜鵲大嬸，一起走向北山泉。

哦，北山泉到了，多日沒到這地方，原來是獵人哥哥在用地熱建起了一個塑膠大棚，裡面種了好多的蔬菜、花草，反季節的蔬菜長起來了，果實結出來了，花兒開放得很美麗，森林裡的動物們過年時會有新鮮的果子和蔬菜吃了，還有鮮花美化生活呢。

獵人哥哥聽了小鹿的話後說：「凡事要動腦想一想，不能因人廢言。黑嘴雀說的的確是事實，只是人們對牠的印象不好，才不輕易相信牠說的話。可見，要證明話說得對與不對，不能單單憑印象的好壞判斷，一定要在實際中去找答案才行。」

36・金黃的稻子

田地裡所有的稻子都成熟了，金黃一片，等待著莊稼工人收割。小老虎拿下掛在牆上的鐮刀，牠要幫助獵人哥哥收割稻子。

這塊稻田在獵人哥哥住家不遠處，前年春天，一位遠方而來的商人看中了這塊地方，要給獵人哥哥一大筆錢，把這片田讓給他，建一個城裡人都來居住的度假村，讓城裡人都來度假，和這裡的所有動物們聯歡。他還告訴獵人哥哥，度假村建成後，他還會得到好多的股份，以後他就是這片森林中最大的富翁。

建度假村要毀掉一大片稻田，還要拔掉好多柿樹，這是獵人哥哥絕對不會做的。誘惑面前，獵人哥哥沒有動心，他想的是，一旦那些鋼筋水泥拉到這裡來，這片森林再也不會是一片安靜的樂土，所有的動物們再也不會是現在這樣自由自在的樣子。他毅然地拒絕了商人的要求。

商人看看獵人哥哥的小屋，看看他的用品，問他：「你知道你為什麼貧窮嗎？就是你不會利用你的資源。」

獵人哥哥說：「你怎麼知道我貧窮？其實，我比你富有，我與森林裡所有的動物的友誼，你能用金錢買到嗎？這片綠地，它生長金黃的稻子，結出紅紅的柿子，那是多美的畫面啊！你即使錢再多，不在這裡，能享受得到嗎？」

商人不屑一顧地看了看獵人哥哥的裝束，恥笑他說：「都什麼年代了，你還穿這樣老式的衣服，用這樣落伍的生活用品。有這一個好的發財機遇，你卻白白讓它溜過，活該那麼窮！」

商人氣急敗壞地溜走了。

現在，兩年過去了，金秋時節，稻子們唱著歡快的歌，麻雀、麥禽落在田埂上，百靈鳥在枝頭叫著，金黃的稻田裡，小動物們正幫獵人哥哥把稻子們請回家。

37 ·光滑的馬鈴薯

刺蝟大叔的家門前有一片菜地，春種秋收，綠綠的菜地裡每年都生長出豐碩的果實。但自從前年，牠種的馬鈴薯就讓蠐螬（金龜甲的幼蟲）糟蹋得不成樣子了。刺蝟大叔原本是位抓蠐螬的高手，可牠生病了，整理馬鈴薯地、抓蠐螬的事便由牠的兒子小刺蝟負責。

刺蝟大叔的兒子小刺蝟經常與小野兔在一起玩，把照看菜地的事當成了兒戲，結果這一年蠐螬猖獗，馬鈴薯被吃得一個坑一個坑，不像樣子。於是，一向喜歡把蔬菜送給鄰居、讓鄰居們誇誇自己是個種菜高手的刺蝟大嬸不好意思送人了。刺蝟大叔嚴厲責備了兒子的不作為行為，說牠這種不扎實勞動的壞習慣是很不好的。牠要小刺蝟明年繼續種植管理那片菜地，一定要種出上乘的馬鈴薯來。

小刺蝟答應著，一定聽父母的話，好好勞動，種好馬鈴薯。牠在暗中下決心，一定要把那些危害馬鈴薯的蠐螬們置於死地。

然而，用什麼辦法整治可惡的蠐螬呢？黃鼠狼嫂嫂告訴了牠一個最簡單且特有效的方法。小刺蝟聽了可高興了，牠走出森林，在一個骯髒的垃圾場邊上，遇到了一個賣毒農藥「一六〇五」的人。一心想治蠐螬的小刺蝟毫不猶豫就買了這種殘留量很大的農藥，回家就用在了地裡。

有高效農藥做保障，果真今年的馬鈴薯長得特別好，個個光滑。小刺蝟看到自己種的馬鈴薯沒有一個蟲眼，高興極了，牠為找到了既省時又省力的方法種出好馬鈴薯，還徹底治服了蠐螬而高興。

小刺蝟「用一六〇五」農藥的事讓獵人哥哥知道了。當牠把馬鈴薯送到小鹿、小老虎、小黑熊家的時候，獵人哥哥已經找到了老刺蝟，告訴牠「一六〇五」農藥的殘存量特別大，危害身體健康，要封存所有的馬鈴薯，不但不能送人，自己也不能吃。

送到小鹿家的馬鈴薯小鹿沒吃，送給花喜鵲的馬鈴薯花喜鵲沒吃，送給小熊家的馬鈴薯，小熊也沒吃。

然而，送到黃鼠狼家時，黃鼠狼嫂嫂心想：「我這些年與刺蝟一家彼此不和，現在牠們家尊重我，我吃。」她吃了，小刺蝟也吃了。結果，黃鼠狼嫂嫂尾巴上的毛全脫落了，小刺蝟呢，身上的刺一根根地掉。這下牠們可嚇壞了，趕快找醫生看。

醫生詢問了情況後說：「是食用高殘留農藥的馬鈴薯造成的。」

面對殘酷的現實，老刺蝟告誡小刺蝟說：「看見了嗎？想省事，就沒有綠色環保。不要再吃那些馬鈴薯了，明年要勤奮地捉害蟲，種出天然的綠色蔬菜來。」

38・牛蒡茶

兔爺爺有個好喝茶的習慣，每天早晨牠都提著葫蘆頭，到北山泉的泉邊上裝得滿滿的一葫蘆頭水，回家倒進陶壺裡點上火燒開，沖泡牠用桑葉、柿子葉自製的茶。

獵人哥哥要從老家回森林了，應該給森林的居民們帶點什麼禮物呢？他給小鹿姑娘捎上了一條漂亮的紗巾，給小老虎捎上一個布娃娃玩具，給小熊捎上了葡萄乾，給小精靈冬子捎了一個小鏡子。他沒有忘記兔爺爺，他為牠帶來了一種叫牛蒡的植物。牛蒡的葉子很茂盛，長出蘿蔔一樣的莖塊，兔爺爺會既愛葉子也愛莖塊的。

兔爺爺把牛蒡種在了自家的地裡，這一年，牠收穫了好多的牛蒡，牠把葉子分送給野山羊、小麅子，把莖塊送給小老虎、小鹿、小刺蝟。還有剩下的好多牛蒡呢，牠便把它們切成薄片，晾乾，然後在鍋裡炒，牠要製出牛蒡茶。

小精靈冬子來幫忙了，牛蒡片在鍋裡發出「劈劈叭叭」的聲響，冬子看看那些小片，多像一張張小圓臉，張著小嘴巴啊。

她說：「牛蒡片，你們有什麼話要說嗎？」

一個小牛蒡片突然說話了：「我們的通身變得金黃，為能成為一種茶而高興呢。」

「不怕這熱鍋的爆炒嗎？」小冬子又問。

「這是靈魂的升騰，我們高興著呢。」小小的牛蒡片說，「哦，兔爺爺牆東邊的那棵牛蒡，你們不要動它，它會打好多的種子，能養育你們森林裡好多的動物呢。」

「記住了，謝謝你。」冬子對它說。

牛蒡茶製作出來了，金黃金黃的牛蒡片透著香氣，兔爺爺讓小冬子捎了一些給獵人哥哥，給刺蝟大叔，給老虎伯伯，給喜鵲大嬸。大家喝了牛蒡茶，都強壯身體，延年益壽呢。

39・懲罰小花蛇

小花蛇犯了一個大錯誤，牠昨天晚上把正在捉那些危害小花小草的螬蠐、瞎撞子（暗黑點金龜子）、地老虎（土蠶）的癩蛤蟆給吃掉了，這讓正在夜裡工作的刺蝟大叔看到了。

刺蝟大叔遇見小黑熊，就把小花蛇的所作所為告訴了牠。

小黑熊聽了以後非常生氣。雖說癩蛤蟆樣子長得很難看，卻全心全意履行著保衛花草的職責，在年終評選活動中，還被評為森林衛兵呢！

小黑熊在生氣的同時，想到了獵人哥哥告訴過牠的話，遇事要冷靜，要分析，然後再做出正確的決定。牠猛然想到刺蝟大叔與小花蛇的媽媽平時的過節，這也可能是刺蝟大叔編造的小花蛇事件，讓大家都對蛇一家沒有好感吧。

於是，小黑熊問道：「老刺蝟，你說的可是真的？」

刺蝟大叔說：「我這一把年紀了，還能說假話？我向來說話誠誠懇懇，你怎麼還不信呢？走，我領你去看看。」

他們正要動身前去的時候，癩蛤蟆向這裡走來了。只見癩蛤蟆一瘸一跛，沒有一點精神氣。

小黑熊一見癩蛤蟆就沒好氣地質問老刺蝟說：「老刺蝟，你說你一把年紀了，不會說謊，你說小花蛇吃癩蛤蟆，這不，癩蛤蟆來了，你如何解釋？」

刺蝟大叔一見癩蛤蟆，頓時瞠目結舌，說不出話來。

然而，癩蛤蟆卻說：「刺蝟大叔說得對，小花蛇把我吞下了，幸虧在樹上放聲歌唱的夜鶯姐姐，牠一見情形，飛過來啄著小花蛇的頭皮就是不放，非讓牠吐出來，小花蛇才吐出了我。」

刺蝟大叔驚愕地說：「我一見牠把你吞下去了，可把我嚇壞了，就趕緊跑了，沒想到你大難不死啊！」

小黑熊愛打抱不平，就與刺蝟大叔和癩蛤蟆一起找小花蛇算帳。

牠們來到小花蛇的門前，小花蛇呢，今天早晨早早地吃掉了另一隻癩蛤蟆，還沒消化好，肚子鼓鼓的，正在曬著太陽。

小黑熊一見，可生氣了，於是上前質問小花蛇：「你為什麼吃癩蛤蟆！」

小花蛇剛想分辨，就被走上來的小黑熊一把提了起來。牠捉住了小花蛇後，找了一根藤條，把牠拴了起來。

怎麼懲罰小花蛇好呢？小黑熊有得是主意，牠找了一塊石頭，把葛藤的另一頭拴了，附近正好有一個大汪塘，於是小黑熊把拴著小花蛇的藤條、石頭一起向汪塘中心扔去，牠要淹死小花蛇。

就這樣，石塊連著葛藤，葛藤拴著小花蛇，一起墜向了汪塘底。

中午了，下午了，天黑了，都不見小花蛇回家，蛇媽媽著急得到處找。當牠去詢問刺蝟大叔時，刺蝟大叔的心一直被譴責著。牠感覺小黑熊對小花蛇的懲罰實在是太重了，於是就把小花蛇被沉入汪塘底的事告訴了蛇媽媽。

蛇媽媽一聽，忙讓老刺蝟領著來到了汪塘邊上，立刻親自下到汪塘裡去把拴著小花蛇的藤條解開。就這樣，小花蛇被媽媽救了上來。

接著，蛇媽媽想要找小黑熊算帳，卻被走過來的兔子爺爺勸下了。

當聽說了是因為小花蛇吃了癩蛤蟆才被懲罰時，蛇媽媽告訴孩子說：「你可不要傷害癩蛤蟆呀，牠和咱們一樣，是這座森林的衛兵。咱們要吃的是老鼠，牠是專門破壞森林的壞傢伙呢。」

小花蛇得救了，蛇媽媽很慶幸，幸虧蛇在水中淹不死。

40・小花蛇

漫長的冬天過去了，小花蛇終於在春風中復甦了。

多麼漫長的冬天啊，北風緊吹、冰天雪地的整個冬天，沒有任何知覺的小花蛇感覺自己心已死，但牠終於熬過來了！暖融融的春天裡，牠伸了個懶腰，用眼睛打量著一切，一切是那麼熟悉，卻又那麼陌生呀。

春天來了，走進春天的小花蛇想做的第一件事就是蛻變。牠看看天，望望地，陽光照在牠身上，春風颳在牠身上，春雨淋在牠身上，牠從春風春雨、從陽光中積蓄所有的力量，在一個靜靜的夜裡，進行著靈魂的再生。

脫下那髒汙的外衣，把自己換成一個全新，其實需要很大勇氣。蛻變是那樣艱難，小花蛇痛苦著，但牠承受著這甘願的痛苦，牠沒有呻吟。因為牠知道，只有蛻變，才能更深刻地感覺到春天的美好，春雨和陽光才會更好地滋潤沐浴自己，這是攸關生命的事。

後半夜，風涼颼颼的。蛻變中，脫下一半龍衣的小花蛇感覺夜風是多麼無情。牠知道這是考驗，長夜過去，黎明就會來到。經過一夜的努力，小花蛇以一種新的姿態展現於世間。

太陽從東山頂升起來了，陽光射過來，暖融融的，早晨的空氣多麼清新，鳥兒的鳴叫格外動聽！小花蛇從草叢中爬出來，一切都是那麼新鮮，牠纏住翠綠的小草，嗅嗅朵朵野花，吻吻一塊石頭。哦，從今他開始了自己的新生活。

41・兩杯茶

沖泡的茶葉在獵人哥哥的杯中漲著，開水的熱力讓茶葉伸展著腰肢，像一條條在水中游動著的魚。茶的香氣瀰漫著，冬子和獵人哥哥在靜靜地觀看變幻著的茶葉。哦，它們多麼像綻放著的花朵，嗅嗅，一種特有的香氣在茶中釋放出來。

獵人哥哥的小院裡有一棵茶樹，那是一棵上乘品種的好茶樹，每年茶芽兒發出來的時候，他都要採一些製成茶，剩下的芽兒呢，則讓它們繼續生長，開花。一到茶樹開花的時節，獵人哥哥總是站到樹下，情不自禁地吸那香氣，那香氣比丁香的香清新，比桂花的香還純。

有這麼一棵好茶樹，好喝茶的冬子自然是忘不了。

她對獵人哥哥說：「把你的自製茶葉放好，我要喝你製的茶。」

獵人哥哥是個信守承諾的人，在這個春天，他真的製作了好多的茶。他一心盼著冬子來，然而，冬子卻沒有來。

有一天，冬子給獵人哥哥捎來紙條兒，內容是：

我暫時要戒茶了，但你的茶，我會記在心裡的。

獵人哥哥呢，還是把這一年的茶留了下來。

茶樹又發芽了，開花了，花兒小米粒一般，潔白的顏色，樹的香氣招來了小蝴蝶、小蜜蜂、小百靈、滴滴水，卻不見了小精靈冬子，這讓獵人哥哥不免感覺到有些失望。「不來就不來吧，只要在心裡記得茶香，會比什麼都好。」獵人哥哥又想。

現在，面前兩杯茶，一杯陳茶，一杯新茶，試一下口感，陳茶苦澀，新茶清新，完全不一樣的味道。杯中的新茶，似一條條魚兒歡快地游遊動；陳茶呢，那魚兒游得有氣無力。

看著茶，獵人哥哥心裡對冬子說：「要因物而用，酒越久越香，感情越久越濃，茶陳了，就沒有那種清新味了。茶是由葉而來，那種天然的清新在葉片上，能滋潤肺腑；一陳，會變成枯葉。但這兩杯茶呢，陳的也同樣有味道啊，因為它是我專為你留著的，這是一種承諾，在這些腐葉中，有著承諾的新鮮，這茶，多味。」

42・冬子的問候

小精靈冬子搬家了，從那棵粗大的老柳樹新中搬到了一個很遠的地方。她不想告訴老柳樹，也不想讓讓獵人哥哥知道，更是遠離小黑熊、小老虎、小獾弟弟、小兔子、小刺蝟。

老柳樹有些難過，說：「人啊，怎麼說分別就分別了呢？」

獵人哥哥安慰它說：「分別其實不是一件壞事，有些事情，銘記在心裡不是更好嗎？」

獵人哥哥依舊行走在自己的路上。

聽獵人哥哥這麼一說，老柳樹問獵人哥哥，難道你不想念你的小精靈冬子嗎？我怎麼就是放不下她呢？」

獵人哥哥笑笑說：「有些東西，要隨遇而安，想強行得來是不可能的，特別是感情。就像一隻小鹿，你可以殺了牠，卻絕對不可能讓牠在對你沒有愛的情況下溫順地尾隨你。」

說完獵人哥哥笑了。老柳樹曾見過他非常開朗的笑容，但今天的笑容裡面，卻似乎深藏著一絲絲的淒苦。

再說那走了的冬子吧，她從中秋的月圓走到了月缺。這一天，她見到了多日不見的小蜜蜂，她向小蜜蜂問起老柳樹和獵人哥哥的情況。

小蜜蜂說：「對不起，我要忙著越冬了。」小蜜蜂什麼也沒說就飛走了。

冬子見到了小蝴蝶，小蝴蝶說：「我們前天還在一起呢。」

「獵人哥哥提到我了嗎？」冬子問。

「沒有。」小蝴蝶答。

冬子見到了小老虎，她打聽獵人哥哥和森林的情況。

小老虎說：「你已經自動離開了那兒，再打聽老柳樹、獵人哥哥和森林的情況還有那個必要嗎？」

就是這一夜，小精靈冬子失眠了，她久久不能入睡，她想了好多好多。幾天之後，在一個星期五，她給她的獵人哥哥捎了一封問候的信：

你還好嗎？

兩天之後獵人哥哥回信了，卻是無字信，一個字也沒有。冬子驚喜、茫然、無奈、傷感，她懂得這封信的內容。她不是用眼睛在讀，而是用心慢慢地品，品出其中的情感。

43・進城的白果樹

森林的邊上，有一棵比獵人哥哥的老柳樹爺爺還老的白果樹。它沒有花白的鬍子，葉子也不稀疏。春天時，你看它那葉芽的活力勁兒，呵，正當年！

突然有一天，森林裡的居民聽到不久會有一隊人從遠遠的城市開過來，他們帶著冬子、小鹿及所有居民從沒見過的工具，要把白果樹爺爺移到城裡。

森林裡的所有動物們都知道，遠遠的地方有一座美麗的城市，那兒白天人熙熙攘攘，夜裡霓虹燈閃爍，是一個歡樂熱鬧的地方。刺蝟大叔、老兔子伯伯、麅子大哥都跑來為白果樹爺爺祝賀。

白果樹爺爺呢，卻怎麼也高興不起來。

這一天，請白果樹爺爺進城的一隊人馬坐著一輛大卡車終於來了。他們走近了森林，走近了白果樹爺爺。車上的人下來，在白果樹的周圍小心翼翼地挖著。為了減輕白果樹爺爺的痛苦，他們挖的範圍好大好大，這樣挖了好幾天，終於把白果樹爺爺挖了出來。然後，他們又用大吊車把白果樹爺爺裝上了大卡車。

白果樹爺爺被運走了，臨走，它深情地看了一眼所有的鄰居們，看了一眼自己生長熟悉的地方。

白果樹爺爺被拉走了，三個月，五個月，轉眼過了一年，獵人哥哥和冬子他們想念白果樹爺爺，他們商量著要走進城市，看望白果樹爺爺。

一聽說要去看白果樹爺爺，所有的動物們都要一同前去。

這一天，風和日麗，到城市裡看望白果樹的大隊人馬出發了，喜鵲、百靈鳥在天上飛著，小老虎、小麅子在地上跑著，小熊高興地蹦跳著。他們翻山蹚河來到城裡，經過仔細打聽，找到了白果樹爺爺，它被植於城北公園的一角。

白果樹爺爺一見獵人哥哥、冬子、喜鵲大嬸、小兔子，高興得不得了，訴說著這裡的一切：「城市再好，沒有森林特有的寧靜，這裡的人們太浮躁，噪雜得讓人心煩。再就是我不願意離開我們森林的鄰居們啊。」

獵人哥哥說：「我們也不希望你離開，但既然來了，這裡就是你的家。」

白果樹爺爺說：「真想你們啊。以後你們要多來城市，多來看我，不然，我會孤獨的。」

獵人哥哥說：「會的，我們會經常到城市裡來的。」

冬子看看白果樹爺爺，建議說：「在白果樹爺爺的新家，我們一起唱首歌吧。」

於是，獵人哥哥、小精靈冬子和所有來看望白果樹爺爺的動物們，同白果樹爺爺一起，唱起了白果樹爺爺久違了的歌：

大森林，
大家庭，
有喬木，
有灌木，
小鹿、小熊、小刺蝟，
小花、小草、小蘑菇。

44・神鷹有力量

小精靈冬子與獵人哥哥來到沂蒙山中的天然地下畫廊。

一進入沂蒙山，峰巒疊翠，一隻蒼鷹在高空飛翔著。

一看到蒼鷹，冬子高興地喊了起來：「太巧合了，太巧合了，真是不可思議，我昨天晚上夢到了一隻神鷹，今天一到天然地下畫廊的景區，神鷹就出現在我的眼前了。」

昨天晚上小精靈冬子做了一個夢：一隻兩眼犀利、銳敏的雄鷹落在她的面前，同她對話。

神鷹說：「不但一個人、一隻鷹、一隻老虎，要活出一種精神，就是一棵樹、一株草、一隻青蛙、一隻螞蚱，也要有一種精神氣。那種精神氣是太陽的光輝、月亮的柔情，是不怕任何困難，敢於面對風雨，迎風鬥雪、搏擊長空的力量。」

「我怎樣才能得到這種神奇的力量呢？」冬子問。

「哦，明天你見到我，就會看到我身上那種不讓世俗所累、卻又愛著大自然的情愫，你會看到我為什麼有著和麻雀不一樣，不成群結隊在一起嘰嘰喳喳的境界，也會看到我的翅膀為什麼會搧出多麼有力的風！」

冬子盼著見到那隻有力量的雄鷹，去天然地下畫廊的路上，冬子就問獵人哥哥：「我能同雄鷹對話嗎？」

獵人哥哥笑著回答：「能，一定能。」

現在，天上的雄鷹有力的翅膀生風，冬子仰臉朝牠喊道：「高飛的鷹，你飛落下來，我和你說說話好嗎？」

雄鷹並沒有停止飛翔，反而以笑傲蒼穹的神態，向另一個山頭飛去。

冬子看著遠去的神鷹有些失望了。

獵人哥哥見她悵悵然的樣子，笑著對她說：「走，天然地下畫廊就在眼前，或許我們會意外地領略雄鷹的神韻，得到一種你想要的力量喔。」

他們沿著大自然的洞口進入地下畫廊。長長的畫廊，詩情畫意，讓人歎為觀止。走著遊著，哦，眼前，一隻鷹威嚴地佇立著，那是一隻神鷹！小精靈冬子的心一下子受到了強烈的震撼。「哦，要同我對話，要給我力量、給我啟迪的雄鷹就在這裡。億萬年的堅守，牠有著多麼堅強的意志啊，這就是一種越凡的力量。」

冬子想到了夢中的雄鷹，她在默默地同牠對話，她知道，只有這種固守的意志，牠的靈魂才能在高高的藍天上飛翔。

冬子從神鷹固守的意志中得到了力量。冬子還知道，凡是到沂蒙山天然地下畫廊，看看這一大自然神斧鬼工所造雄鷹的人，與其默默對話，都會得到這種敢於搏擊風雨、克服困難、迎接勝利的力量。

45・留虎峪

獵人哥哥帶著小精靈冬子、小熊、小鹿、小老虎、小麆子行走在去沂水天然地下畫廊的路上。一進入留虎峪，放眼一望崇山峻嶺，松濤陣陣，峰巒疊嶂，鳥語花香。

冬子高興地喊起來：「怪不得叫留虎峪，這裡真格的是藏龍臥虎的地方啊！」

「留虎峪中有老虎嗎？」一個美麗的名字讓小精靈冬子浮想翩翩，她問獵人哥哥。

獵人哥哥沒有馬上回答她，而是反問道：「你說呢？」

「老虎現在都到東北的大森林裡了，這沂蒙山的留虎峪只是一個地名，不會有老虎了。」

「呵呵，我們不是帶著小老虎來了嗎？」獵人哥哥說完，看看小老虎，撫摸了一下牠的頭，又緩緩地接著說道：「說起留虎峪，當年其實是有老虎的。傳說這地方有一個貧窮的農夫叫楊墩，見有人打傷了一隻小老虎，抬著正往家走，他便用自己家的三隻羊把受了傷的小老虎換了下來，把那隻小老虎放歸山林。宋朝末年梁山泊好漢李逵回家搬母，走在這些崇山峻嶺上，因為母親口渴，李逵去找水的時候，他母親不是被老虎吃掉了嗎？他一怒之下，就在沂嶺殺了四虎。沂嶺，就是這一帶，可見當時真的有老虎。現在這裡沒有老虎了。」獵人哥哥說得很沉重。

群山含黛，大山之中那一塊塊巨石從樹叢裡凸露出來，似虎非虎，給人以朦朦朧朧的意象，細聽，像有虎嘯的聲音呢。

進入天然地下畫廊後，神奇的自然景觀讓冬子、小熊、小老虎、小鹿感歎，一隻隻似像非像的老虎有的似怒吼，有的恬靜地臥在那兒。留虎峪真的名不虛傳，原來留的虎都在這天然地下畫廊裡了。

長長的畫廊，海底世界，天上人間，一幅幅美麗的畫面讓人目不暇接。

冬子對小老虎說：「小老虎，這裡叫留虎峪，你想留在這裡嗎？」

獵人哥哥笑著說：「小老虎有媽媽，牠要回牠的家呀。不過，我們也許應該想辦法讓這裡有老虎生存和繁衍。」

聰明的小鹿說：「從畫廊裡的石虎上採下一些基因，隨著科學的發展，一定能轉化成老虎的。」

牠的這一想法啟發了小精靈冬子，冬子說：「哎，對了，現在能克隆（複製），我們讓科學家用小老虎的基因，克隆出一隻隻的小老虎，隻隻既虎虎生威，又像我們的小老虎一樣溫順、活潑可愛，這樣，留虎峪不就有虎了嗎？」

大家聽了，都高興地鼓起掌來。他們相信不久的將來，這留虎峪裡，地下美麗的畫廊裡，會有一隻隻的石虎，大山溝壑間也會有一隻隻活虎，留虎峪會留住一隻隻小老虎，它會名副其實。

46・謎底

小精靈冬子可聰明了，不管獵人哥哥出什麼謎語，她都能猜得出。這一天，獵人哥哥又出了一個謎語，讓冬子猜。謎題是這樣的：

一把紅小豆，
撒到園裡頭，
根全部朝上，
越長越旺。

冬子想了想說：「吊蘭。」

獵人哥哥笑笑說：「吊蘭的根在上，但前面還有個『一把紅小豆』啊。」

冬子又想了想說：「是根雕。」

獵人哥哥說：「根雕已經把生命凝固了，不會越長越旺了。」

一天，冬子去獵人哥哥家東邊的園子裡，園子內有一棵樹，樹上有一個蜂窩，那棗紅色的蜂們多像紅小豆啊，善於觀察的冬子馬上想到了獵人哥哥的謎語，她告訴獵人哥哥，謎底她有了，是蜂窩。

獵人哥哥很高興，因為小冬子肯動腦筋，善於分析，只有這樣才能增長知識。

獵人哥哥呢，是一個謎語大王，為了鍛鍊小冬子的智力，他又出了一個新奇的謎語：

海底仙山，
沒有竹鞭，
生長萬年，
回根朝上，
瑰麗自然。

冬子讓獵人哥哥說靠什麼近，是不是在園子內。

獵人哥哥說：「在園子內是找不到的。」

「那到什麼地方找啊？」冬子問。

「到時候你就知道了。」獵人哥哥答。

這個謎語把小精靈冬子憋了好長時間。一天，她隨獵人哥哥來到了沂蒙山中的沂水天然地下畫廊和地下大峽谷。天然地下畫廊和地下大峽谷裡，霓虹燈閃爍，那一幅幅圖像，似海底，如仙山，幻化無窮。海底仙山中，那根朝上的石筍組成筍林，這些億萬年的造化，生長出何等的瑰麗、壯觀的自然美景！畫廊的每一幅畫讓他們流連，這些有生命的筍，此時的冬子真的感覺到了什麼是「人間仙境」。不用說，獵人哥哥曾經說的那個謎語答案就在這裡了。

冬子很高興謎底終於揭曉了，她還想要告訴她所有認識的小朋友呢，讓他們都到沂水天然地下畫廊探訪神奇，感受美妙，解開一個個未解之謎，為所有的謎語都找到答案。

47・漂流

在天然地下畫廊漂流處，獵人哥哥與小精靈冬子坐上了皮划艇。

皮划艇隨水勢緩緩前行，忽明忽暗的燈光讓他們融入洞中漂流的獨特意境。

獵人哥哥提醒冬子，一定要抓好把手。冬子剛要說什麼，突然皮划艇急轉直下，連續幾個彎道把她搞得暈頭轉向，漂流中，她第一次感受到了驚心動魄。

繼而皮划艇駛入漆黑一團的夜色。音響裡發出的怪聲令人毛骨悚然，給人籠罩上一片恐怖氛圍。冬子多麼盼望這種恐怖快快結束，她提心吊膽地忍受著煎熬。好在身後是獵人哥哥，有獵人哥哥在，她心裡壯膽了不少。

一路顛簸，路轉峰迴，他們從黑暗中走出來了，陽光一片燦爛！但這種短暫的陽光之後，皮划艇馬上又駛入魔洞之中。這裡比較平緩，冬子的心情特別好。

獵人哥哥問冬子：「還好嗎？感受如何？」

冬子的雙手緊緊抓住把手說道：「很過癮，就是沒有感覺到特別大的刺激。」

冬子正這樣說著，皮划艇已完全不在人為的控制之下，以極快的速度一下子向下蹌去。這一蹌讓人緩不過神來，前邊有個高坎一攔，皮划艇越上高坎，接著往下又是一蹌，向下衝的速度快到了讓人體驗什麼叫「心驚肉跳」。冬子連連驚叫，她牢牢地抓住把手，任命運隨著大起大落向前奔去。

皮划艇終於奔到碼頭了，冬子回頭看看獵人哥哥，心滿意足地說：「真是刺激，這次漂流真是難得的體驗。」

48・石榴

石榴媽媽在它的枝頭掛了兩顆大石榴，一顆甜的，一顆酸的。甜的裂開了口，酸的呢，緘默不語。太陽爺爺在它們的臉上點上了天然的胭脂。

小精靈冬子和小老虎、小黑熊佇足在石榴樹下，欣賞著紅紅的大石榴。

小老虎看著紅紅的大石榴很眼饞，牠爽快地對冬子說：「冬子姐，石榴媽媽這麼可愛的兩個孩子，冬天要是來了，大雪飄呀飄，它們會凍壞的，不如我把它們早早地抱回家，放在我家有窗臺上，那樣，有我老爸看著它，誰也不敢動的。」

冬子說：「它們在石榴媽媽的懷抱裡，在這裡掛著不是很好嗎？這是我們森林裡的一道風景。」

「那我把它們送到獵人哥哥家，可以嗎？」小老虎又問。

冬子說：「你這種想法其實就是自私，打著給獵人哥哥的幌子，其實是想占為己有！」

冬子的幾句話點中了小老虎的真實想法，打消了牠想摘石榴的念頭，牠不再說什麼。

採過石榴花的小蜜蜂飛來了，石榴媽媽向牠道謝。

石榴媽媽說：「小蜜蜂，要不是你幫我授粉，我的這兩個孩子不會長得這樣又大又圓，人見人愛。」

正在石榴媽媽感謝小蜜蜂的時候，小蝴蝶飛來了。

石榴媽媽說：「小蝴蝶，來給我和冬子、小老虎、小蜜蜂、小黑熊跳個舞好嗎？你身上有多麼大的精氣神，從春到夏、到秋，你總是用翩翩的舞姿讓我歡笑，讓我去掉了好多的煩惱。」

小蝴蝶聽了石榴媽媽的話，不由自主就輕快地跳起了優美的舞蹈。

小黑熊表面上看著優美的舞蹈，心裡可複雜了。牠心想：「小老虎想把石榴摘走，幸虧冬子姐姐攔住牠，不然這兩顆石榴可就是牠的了。」這會兒，小黑熊的心裡有了一個歪主意。

欣賞完小蝴蝶的優雅表演，在離開石榴媽媽的時候，小黑熊上前聞了聞石榴的香氣。牠走出老遠，還戀戀不捨地看了兩顆又大又圓石榴一眼。

晚上，屋外黑漆漆的，小黑熊對爸爸說要到獵人哥哥家聽故事，乘著夜色小黑熊從家裡走了出來。牠讓螢火蟲為牠打著燈籠，其實牠的真實目的是去摘那又大又圓的石榴。

走至石榴樹旁，小黑熊停住腳步，心想：「我摘一顆還是摘兩顆呢？哦，我摘一顆吧，要是全摘了，讓大家知道了，牠們會饒不了我的。」

但摘一顆，摘甜的還是酸的呢？甜的雖然甜，但酸的更有味道。

螢火蟲見小黑熊在石榴樹面前止步不前，看出了牠的心思，就打著燈籠飛走了。

突然，「嘿嘿」一聲，在小黑熊的背後傳來笑聲和腳步聲。聽那笑聲，小黑熊馬上知道那是黃鼠狼嫂嫂來了。原來，黃鼠狼嫂嫂也是看到大石榴眼饞，也想來偷石榴啊。

黃鼠狼嫂嫂說：「小黑熊，兩顆大石榴，你一顆，我一顆，你要那顆酸的，我要甜的。」

小黑熊說：「我先來的，我有權挑甜的，你要酸的。」

黃鼠狼嫂嫂不肯讓步，牠們兩個為誰要甜的、誰要酸的發生了爭執。吵鬧聲驚動了夜巡的刺蝟大叔，很有責任心的刺蝟大叔快步上前看個究竟。

黃鼠狼嫂嫂一見刺蝟大叔來了，就說：「刺蝟大叔，我捉到了一個偷盜犯，交給你！」說完連忙溜走了。

小黑熊一想很生氣，心想：「你還要甜的、要酸的大石榴呢，怎麼你捉到了我一個偷盜犯！」氣得牠跑著去追黃鼠狼，結果「撲通」一聲，被一塊大石頭絆倒了一個大馬紮，疼得牠「哎喲哎喲」老半天沒有站起來。

49・煙囪裡的麻雀一家

獵人哥哥回到森林裡邊的那間小木屋，要生爐子的時候，聽到「嘰嘰喳喳」的聲音，細聽是從煙囪裡傳出來的。

獵人哥哥回老家探親，一走就是三個多月。五月回來，他的爐子上的煙囪拐脖向北，一直沒有生火。三個月裡，多麼好的避風港啊，麻雀爸爸和麻雀媽媽一家就把家安在了這裡。

麻雀爸爸和麻雀媽媽在煙囪安家後，生了一窩小寶寶。

獵人哥哥把麻雀一家安家的事告訴了前來探望他的小精靈冬子。冬子走近煙囪，細聽裡面，小麻雀正在同爸爸媽媽說話呢。

一聽到外面有動靜，麻雀媽媽忙飛了出來，「喳喳喳」地亂叫，牠怕傷害牠的孩子。

冬子才不會傷害牠們呢，她和牠們是好朋友。

這樣過了十多天，小麻雀從煙囪裡探出了腦袋，撲撲愣愣出飛了，麻雀爸爸和麻雀媽媽領著牠們在樹林裡、在河流邊、在草叢間飛翔。

白天牠們快活地遊玩著，傍晚又飛回煙囪裡居住。

又過了十多天，獵人哥哥和小精靈冬子突然不見了麻雀一家。咦，牠們到哪兒去了呢？

燕子不吃落地的，鴿子不吃帶翅的，麻雀什麼都吃，獵人哥哥為牠們擔心。真的，牠們到哪兒去了呢？

就在獵人哥哥盼望見到麻雀一家的時候，麻雀爸爸和麻雀媽媽飛回來了。原來，牠們是給出飛的小麻雀安家去了。當麻雀夫婦歡快地站在獵人哥哥屋頂上叫時，獵人哥哥可高興了。當晚麻雀爸爸和麻雀媽媽又住進了煙囪裡。

獵人哥哥笑了，他看到麻雀夫婦又在他的煙囪中生兒育女，高興地笑了。

50・澀柿子、甜柿子

黃鼠狼嫂嫂經過獵人哥哥家的柿子園，見那一個個圓圓扁扁的柿子微紅了。牠想起前天到獵人哥哥家中時，獵人哥哥正教小精靈冬子、小老虎、小黑熊如何暖柿子呢。獵人哥哥把摘來的柿子用水洗了洗，然後燒溫水，把柿子放在一個缸裡，把溫水倒入，第二天，柿子就沒有澀味了。

想到這裡，黃鼠狼嫂嫂就想偷偷地摘些獵人哥哥家的柿子，拿回家暖。但一想到一個「偷」字，牠臉紅了。「偷」，多麼難聽的字眼啊，平時就因為偷過人家的雞，讓森林裡的居民們見了牠就笑話，這次再偷獵人哥哥家的柿子，讓人逮住，不又鬧一個大難看嗎？

想到這裡，黃鼠狼嫂嫂決定堂堂正正地做一回事情，這次不偷，牠要到北山上去摘些柿子，拿回家自己動手暖。很快，牠動身向北山走去。在北山上，牠摘了好多好多的柿子，既有大個的，也有小的，既有扁柿，也有饃饃柿子，摘得多到牠都揹不動了，歇了好幾次才揹回家。

回到家後，黃鼠狼嫂嫂照著獵人哥哥的方法，把柿子用清水洗了一遍，然後放進了盆子裡，再燒水，又將溫水倒進盆裡，牠要將柿子暖得像獵人哥哥暖的一樣甜。

這是黃鼠狼嫂嫂第一次暖柿子，牠高興極了。第二天，柿子暖好了，牠揀小的吃了一個。哦，雖說沒有獵人哥哥暖的那樣甜，但澀味沒了，味道還是可以的。

看著自己暖的柿子，黃鼠狼嫂嫂想讓外人都知道牠也掌握了暖柿子這門手藝，讓森林裡的居民不要認為自己經常做壞事，其實牠也做好事的，就想把自己親手暖的柿子送給大家吃。

牠首先想到送給老虎大哥，但一想：「不行，老虎大哥對自己印象很不好，牠要是問起柿子的來源，自己說是去北山摘的，牠不會相信，說不定還會鬧出誤會。」

牠想送給烏鴉，但又想：「不行，烏鴉那張壞嘴，吃了你的東西，背後還不知說什麼壞話呢！」

牠想到了害病的兔子大叔，兔子大叔最近身體不好，牠吃了會到處說好，牠是感恩的人。

於是，黃鼠狼嫂嫂揀大個的柿子，送給了兔子大叔。

兔子大叔一見黃鼠狼嫂嫂給牠送來了這麼大個的柿子，一遍又一遍地說著「謝謝」。黃鼠狼嫂嫂讓牠不要客氣，然後放下柿子就走了。

當牠回到家，黃鼠狼大哥已經從外面回來，抱起一個大個的柿子就啃。牠這一啃不要緊，呵，柿子太澀，澀得牠趕緊把柿子往地上一扔，說：「你暖的這是什麼爛柿子呀！」

黃鼠狼嫂嫂說：「哪爛柿子，我暖的可都是甜柿子啊！」

黃鼠狼大哥說：「你嘗嘗我扔掉的這個。」

黃鼠狼嫂嫂撿起來一嘗，啊，真的好澀啊。聰明的黃鼠狼嫂嫂一想：「可能是我把火燒得溫度不夠，大個的柿子暖不透，才這樣澀得不能入口。」牠想到了送給兔子大叔的都是大柿子，唉，真心地想做一件好事，卻讓別人猜疑。為了不讓兔子大叔誤解，牠忙跑到兔子大叔家中，向大叔說明情況。

兔子大叔呢，此時也正讓大柿子澀得呲牙裂嘴，聽黃鼠狼嫂嫂一說，忙說：「沒什麼，你全送給了我大個的，也是好心。我理解你的心情，你也並不是全做壞事啊！像你一次次捉逃竄犯老鼠的事，咱們森林裡不是給你記功了嗎？只要理解，柿子雖澀，再加溫水暖一暖，就會變成甜柿子的。」

黃鼠狼嫂嫂忙把那些還澀的柿子拿回家，牠要好好地暖一暖，讓有病的兔子大叔吃到甜甜的柿子。

51・獵人哥哥的大聰明

狐狸一家的名聲越來越不好，先是狐狸嫂嫂和牠的丈夫偷野雞大嬸家的蛋，後又發現牠的兒子也參與盜竊，在拿著蛋往家走的時候，被刺蝟大叔逮了個正著。

獵人哥哥嚴肅處理了這起違法行為，在將狐狸嫂嫂和牠的丈夫關了七天禁閉放出來後，他要狐狸一家向所有丟失蛋的野雞家庭道歉，並保證不再發生類似的事情。

狐狸嫂嫂和牠的丈夫、孩子在公眾的壓力下，向野雞們道了歉，心裡卻對獵人哥哥耿耿於懷。

有一天，烏麥穗子經過獵人哥哥的家門前時，見獵人哥哥正在一片去年種下玉米的莊稼地裡收拾那些殘留的玉米棵，它知道獵人哥哥要翻整土地，春天來了，他要在那片生長莊稼的土地上再次下上種糧，那是希望，只有播種，秋後才有收穫。

獵人哥哥計畫在這片土地上種花生，烏麥穗子聽了後，寒暄了幾句就走開了。

近些天來，烏麥穗子的詭計一個個被獵人哥哥識破，它的咒語也沒有剛到大森林時靈驗，誰見了都不願同它說話，它對獵人哥哥懷恨在心。

從獵人哥哥準備種花生地地邊走開後，烏麥穗子並沒有馬上回家，它來到了狐狸嫂嫂的家中，小聲地將獵人哥哥要種花生的事告訴了狐狸嫂嫂。

狐狸嫂嫂說：「他種花生是好事情啊，說不定還能給我們家一些呢。」

烏麥穗子「哎」了一聲說：「我啊，怎麼不想想他關你的那些天禁閉呢！」接著，它挑撥離間說道：「你和你的丈夫還有孩子，不就是吃了野雞家的幾個蛋嗎？關了你和丈夫的禁閉不說，他在公開的場合還竟然那樣不尊重你，把你訓斥得抬不起頭來，尤其是對孩子，造成多大的心靈傷害啊！要是這樣對我，現在他整地要種花生，我就去搗亂。」

狐狸嫂嫂質疑說：「怎麼給他搗亂啊？我要是阻止他種花生，不用獵人哥哥動手，老黑熊一巴掌也會把我打得流星一樣轉，半個月爬不起來！要是給他把花生拔了，破壞莊稼，那樣罪就更大了。」

烏麥穗子狡黠地說：「誰讓你阻止他種花生和破壞莊稼了？你要辦件不違法的。他不是要種花生嗎？等整好了地後，你們全家利用晚上的時間，往他的地裡搬石頭，既不是破壞莊稼，也沒有明著妨礙他種花生，只不過是讓他看到地裡滿是石頭就生氣罷了。」

狐狸嫂嫂被烏麥穗子說動了心，牠點了點頭說：「這個主意還行，對，在他的地裡搬得滿是石頭，讓他生生氣。」

幾天過去，狐狸嫂嫂發現獵人哥哥把地整理好了，就動員丈夫，往獵人哥哥將要種花生的地裡搬石頭。牠們搬了整整一個晚上，大石頭、小石頭一塊塊堆壓在了獵人哥哥要種花生的地裡。狐狸嫂嫂想：「呵呵，獵人哥哥一看到一夜之間『生長』出了這麼多的石頭，準會氣得蹦跳！」

第二天一大早，比獵人哥哥早起的松鼠媽媽來敲門，說他的田地裡滿鋪著石頭呢。他忙來到地裡一看，果真是一堆堆的大石頭、小石頭。他正要搬動，心想：「我不能搬，我白天搬了，那個搗亂的傢伙晚上又要給我搬回來，我得想個辦法讓那搗亂的傢伙給我搬出去。」

聽說獵人哥哥要種花生的地裡讓人給搬了密密麻麻的石頭，好多居民都趕來觀看，在現場，大家紛紛指責那個不道德的傢伙。

狐狸嫂嫂和牠的丈夫也在人群中，牠不時地抬眼看看獵人哥哥的表情，在人們的指責聲中，牠也添上一句：「是啊，是誰這麼缺德，竟然做出這樣的事情來！」

刺蝟大叔說：「缺德的人既然做了這樣的缺德事，也不要生氣了，動手搬出來就行了。」

狐狸大嬸一聽動手搬出來就行了，陰陽怪氣地說道：「搬出來是好搬，半天工夫就行了，就怕那缺德的晚上再給搬回來，天天這樣搗亂，誰能受得了啊？不生氣那才是假的呢！」

獵人哥哥看看狐狸大嬸，又看看眾人，他不但沒有生氣，反而笑著高聲說道：「其實，我正想往地裡搬石頭呢。大石頭是大元寶，小石頭是小元寶。你看，那花生果多像元寶啊，石頭多的地方，它的長勢更好，結的果更多。」

接著，他小聲地對身邊的老黑熊說：「我不怕給搬再多的石頭來，就怕牠給我搬——」

獵人哥哥說到這裡把話止住了，老黑熊是個急性子，牠瞪著兩個大圓眼高聲嚷道：「最怕的是搬什麼啊？」

獵人哥哥又小聲地說：「我的這個花生新品種，最怕的是牛狗的糞便，讓牛狗的糞便一臭，就只開謊花不結果了。」

他在說這些話的時候，狐狸嫂嫂伸長了耳朵聽。

聽到獵人哥哥說他不怕給搬再多的石頭，就怕搬牛狗的糞便，狐狸嫂嫂很生烏麥穗子的氣，自己不應該搬那些能幫助花生結果的石頭，應該讓牛狗的糞便臭，臭得只開謊花不結果。

當夜，狐狸嫂嬸和丈夫把大石塊、小石塊，所有的石頭全運走了，接著又運來好多好多的牛羊糞。

大家白天再來看的時候，就見獵人哥哥生氣地說：「這個可惡的傢伙，給我搬了這麼多的豬狗牛羊的糞便，我的花生肯定會臭得不長了。」

種上的花生一段時間之後，開了好多的花，卻不見果。

當著狐狸嫂嫂的面，獵人哥哥又生氣地說：「你看這些謊花，哪一個是果實啊，全怪那個可惡的傢伙用牛羊肥給我臭的！」

秋天，獵人哥哥的花生大豐收，收穫之後，獵人哥哥笑咪咪地送給了狐狸嫂嫂一家一袋子。

獵人哥哥「生氣」地對狐狸嫂嫂說：「要不是那個可惡的傢伙用牛羊肥給我臭，我的花生新品種準會結得更多。我的這個祕密可別對別人說，要是那個可惡的傢伙知道了，明年牠還會讓我生氣，又會搬好多好多的牛羊糞肥，繼續臭我的花生呢。」

52・小松鼠與螢火蟲

天全黑了，冬子、小熊、小鹿、小老虎坐在獵人哥哥家前的大樹下，沒有月亮，也沒有星星，天黑得讓他們感覺到進入了深不可測的山洞裡。零星的雨點兒落著，很涼爽，他們在聽獵人哥哥講森林外面的故事。

一隻螢火蟲從遠處飛來，又飛來一隻，有了牠們，漆黑的夜色不再單調。螢火蟲們沒有規則地在空中劃著線，小朋友們的眼睛都緊追著牠的飛行曲線，欣賞這神祕的美麗。

頑皮的小松鼠一見螢火蟲，嚷嚷著冬子給牠逮一隻。冬子小手一張，真的把一隻螢火蟲逮在了手裡。

冬子把螢火蟲交給了小松鼠。

小松鼠看著螢火蟲，問牠：「你從哪兒來呀？小燈籠為什麼這麼美麗呀？」

螢火蟲就是不回答，牠正在生氣呢。

小松鼠擔憂地對冬子說：「冬子姐姐，在我這裡，牠沒有小夥伴了，肯定很難受，牠在生氣啊。」

旁邊的松鼠媽媽說：「不要急，我給牠找個小夥伴。」

一會的工夫，天上又飛來好多隻螢火蟲，松鼠媽媽和冬子追啊追，馬上又捉到了一隻螢火蟲。看著新捉來的螢火蟲，小松鼠突然想到了螢火蟲離開了媽媽，牠們該是多麼難受啊。

小松鼠對媽媽和冬子姐憂心忡忡地說道：「牠們離開了媽媽，今天晚上會睡不著覺的。」

小老虎快嘴快語說道：「那就放了牠們，讓牠們回家找媽媽。」

然而，小松鼠捨不得放牠們，牠說：「我還想和牠們玩呀。」

松鼠媽媽說：「沒關係，你可以當牠們的媽媽。」

如何讓小松鼠給螢火蟲當一夜的媽媽呢？把牠們攥在手裡會憋死的，但一放手又會飛走。冬子馬上想到了小松鼠吃掉的橡子殼。她找來兩個大橡子殼，把它們粘接了起來，又在橡子殼上挖了好多的小窗戶，為螢火蟲蓋了一間橡子小屋。最後，把兩隻螢火蟲放了進去。

螢火蟲在牠們的新房裡爬動著，亮瑩瑩的光從一個個小小的窗戶裡透出來，小松鼠發現，螢火蟲在牠們的新家很幸福。

晚上睡覺的時候，為了不讓螢火蟲著涼，小松鼠用牠那蓬鬆的大尾巴蓋住了橡子小屋。小松鼠認真地扮演著螢火蟲的媽媽，牠一夜摟著橡子小屋睡得甜甜的，用身體溫暖著螢火蟲，盡著當媽媽的責任。

53・頑皮的「小西瓜片」

「小西瓜片」是兩條小魚，長得很漂亮，圓圓的身子，紅色的條紋，紅眼圈，從側面看，很像兩顆小西瓜。

「小西瓜片」大一點的叫大大，小一點的叫小小，牠們有好多的兄妹姐妹，與爸爸媽媽一起生活在一個深水潭裡。

深水潭上面連著一條小溪，大大和小小與兄妹姐妹們一起經常離開深水潭，到小溪裡嬉戲玩耍。

每天看到游到小溪好長時間才回來的孩子，媽媽總是擔心地告誡牠們說：「小溪裡的水很淺，不懷好意的小黑熊時不時在那裡出沒。讓牠抓住可就麻煩了。要是想出去，最好是傍黑的時候去，免得發生意外。」

大大和小小呢，喜歡小溪裡清清的水和充足的陽光。一天，牠們兩個游啊游啊，游得離家已經很遠了。

小小是個細心的「小西瓜片」，牠對哥哥說：「大大，再往上，媽媽說的那個小黑熊出現了怎麼辦？」

大大此時正在興頭上，牠越往上游越帶勁，於是回答小小說：「沒事的，不會有什麼小黑熊出現的。」牠竟然忘記了危險。

真的讓媽媽言中了，神出鬼沒的小黑熊果然出現了。兩個「小西瓜片」拚命地逃啊逃，最後還是讓小黑熊捉住了。

小黑熊採來一個大荷葉，在裡面盛上水，把兩個「小西瓜片」放進了荷葉裡，牠要把牠們帶回家，牠家中有個好大好大的魚缸，牠要把牠們放進缸裡餵養，讓兩條「小西瓜片」，成為牠的私有財產。

對於捉來的兩條「小西瓜片」，小黑熊可關心牠們了，牠往水缸中投放小米、蛋黃、魚蟲子。起初，兩條「小西瓜片」還很驚恐，不敢吃，但漸漸熟悉了之後，大大就高興地吃了起來。

大大對小小說：「真沒想到，來到小黑熊這裡有吃有喝，多麼幸福啊！我們要好好享受。」

小小說：「是啊，有小黑熊給我們提供食糧，我們無憂無慮，這真是最快樂的生活。」

然而，過了沒幾天，小小就想媽媽，想那一群小夥伴。牠感覺在這大缸中，天地實地是太小了。

大大問牠：「小小，你在想什麼？」

小小說：「我後悔沒有聽媽媽的話，我想回到媽媽身邊。」

大大說：「媽媽整天嫌咱們兩個調皮，現在回去，媽媽準會又狠狠責備我們不聽話，不如在這裡待著好。」

小小說：「不待在這裡又能怎麼辦呢？我們有什麼方法游回媽媽的身邊啊！」

又過了好幾天，單調的生活不如在溪水裡那樣自由自在，更沒有小夥伴們在一起遊戲玩耍，陽光也沒有小溪那裡明亮，大大也開始想家了，孤獨讓牠傷心地哭了。

冬子來找小黑熊，她見大缸中那兩條被捉來的「小西瓜片」一動不動，連飯也不吃，就勸說小黑熊把「小西瓜片」放到小溪裡。小黑熊很固執，牠把兩條「小西瓜片」當成了牠的私有財產，無論冬子怎麼勸，牠就是不肯那樣做。冬子想到了小黑熊最聽獵人哥哥的話，就把小黑熊囚禁兩條「小西瓜片」的事向獵人哥哥說了。

獵人哥哥與冬子一起來到小黑熊家，小黑熊正為小魚兒不吃不喝而犯愁呢。

獵人哥哥告訴小熊說：「『小西瓜片』想媽媽了呀，你離開媽媽半天就很著急，牠們這麼多天不見媽媽，媽媽不見了牠的孩子，牠們的內心都多麼地痛苦呀，你應該讓牠們去找媽媽。」

冬子說：「獵人哥哥說得對，咱們不能為了自己的一時歡愉而讓『小西瓜片』和牠們的媽媽承受痛苦啊。」

在獵人哥哥和冬子的勸說下，小黑熊同意把「小西瓜片」放進小溪裡，讓牠們去找媽媽。他們採了一個大荷葉，盛上水，把「小西瓜片」放在裡面，一同向小溪走去。

54・花大姐

花大姐後來有了一個好聽的名字，七星瓢蟲。

七星瓢蟲是牠的學名。哦，牠身上的七顆小星星多漂亮啊，可原來的牠身上既沒有花，更沒有那閃動著亮晶晶眼睛的七顆星呢。

那時牠身上只有一對小翅膀，翅膀太小，護不過牠的大屁股，那個大屁股露在外面，光禿禿的，誰見了誰都覺得太醜陋。

特別是愛笑話人的花蝴蝶見了牠，瞅牠一眼，捂著鼻子飛過去，嘴裡一個勁不住地叨叨：「難看死了，難看死了。」

有一天，小精靈冬子到南山去，正巧遇到了花蝴蝶在笑話花大姐。

冬子把花蝴蝶責備得紅著臉飛走了之後，她對沮喪的花大姐說：「花大姐，你的名字挺好聽，但你的身上哪有花啊。看，你的大屁股露在外面也實在是太難看了，也別怨花蝴蝶笑話你。但我更擔心的是防身很重要，你這樣不能防身，讓那些可惡的小壞蛋發現了你，不用多大的力氣就會把你打得遍體鱗傷啊。」

話雖然這樣說，但如何讓花大姐既防身又美麗漂亮呢？冬子來到南山坡，看著南山坡上一朵朵美麗的花兒想，想得出神。突然，她發現花束中，有幾朵小花已經謝了，種子正在成熟，她過去取下一個，種子的外殼很堅硬。「哦，這不就是最結實，又最實惠耐用的防身衣嗎？」冬子連忙動手採下好多花籽，回家後，她用花籽殼做成了一副副的小盔甲。當天下午，她就把做好的花籽殼盔甲送到花大姐們的家中。

她敲開了花大姐家的門。可是，讓冬子沒有想到的是，花大姐們看了看沒有任何鮮亮顏色的盔甲後，居然都搖頭，都不穿。冬子問是什麼原因，牠們說這盔甲太土了，穿出去更讓花蝴蝶們笑話。

無論冬子怎樣勸說，花大姐們就是不穿，冬子只有把她的一副副小盔甲拿回家。

冬子沒有報怨花大姐們，她想：「為什麼好心做成的能防身的衣服還遭到花大姐們的拒絕呢？將心比心，我要站在花大姐們的立場上好好想一想。哦，花大姐們天天出入在花叢中，出入在綠油油的莊稼地裡，牠們需要鮮豔靚麗。這花種子的殼顏色單調，不符合牠們的要求。愛美之心人皆有之，應該做得符合它們的要求才對。」

於是，冬子就拿起了七彩筆，在每一副盔甲上都塗上了鮮亮的顏色，然後點上一個點，再點上一個點，每一副小盔甲上都點上了七個點，她要讓七顆閃閃發亮的小星星照耀花大姐們去戰鬥，去同危害莊稼、危害花朵的蚜蟲去戰鬥。

當冬子再一次把那有著鮮亮顏色的盔甲拿到花大姐們家的時候，呵，一看這麼漂亮的防身服，既能防身，又穿著得體，花大姐們爭相穿在了身上。

穿好了盔甲的牠們神氣高昂，站好了隊，要同蚜蟲去戰鬥。

冬子看了看花大姐們身上的七顆小星星，每人的盔甲又都像瓢子一樣，高興而風趣地說：「這多麼漂亮啊，你們別再叫花大姐了，有七顆星星在身上，就叫『七星瓢蟲』吧。」

於是，花大姐們有了一個高雅的名字：七星瓢蟲。

55・雪塔

獵人哥哥有一棵美麗的山茶花，花朵潔白，花瓣一層一層猶如雪塔，名字就叫雪塔。

這天，太陽剛剛出來，老黑熊就來到獵人哥哥家前不遠的一片山窪裡，牠用力把一棵棵樹拔起，牠要騰出戰場，與老虎較量。

老黑熊要與老虎較量的因由是前幾天的事：小黑熊在與小老虎玩耍時，用嘴咬了小老虎，正好讓路過的老虎爸爸看到了，牠責備了小黑熊一頓，把小黑熊責備得哭了。護犢子的老黑熊知道後非常氣憤，牠找到老虎家中大鬧。老虎爸爸一見老黑熊來鬧，就沒有好話回牠，兩人一來二往，都在火頭上，爭吵到要較量較量。此刻，牠正在打掃戰場呢！

獵人哥哥聽說後，心想：「大森林是個大家族，一定得保持和諧氛圍。老熊為這麼一點小事大動干戈，太不值得了。」於是，忙來勸導。

獵人哥哥對老黑熊說：「我們的大森林是一個和諧的大家族，你和老虎要決鬥，會有什麼好結果呢？無非就是兩敗俱傷，既影響了團結，又傷了和氣，還讓森林裡的所有居民說你不夠寬容。大家都寬容一些，心裡陽光一些，這個森林裡的花兒就更豔，我們的身心就會更愉悅。」

獵人哥哥把道理一說，老黑熊細想了想，感覺自己做的太不對了，於是就不再出憨力氣，在獵人哥哥的見證下，主動和老虎和好了。

和老虎和好之後，老黑熊一直在想，應該感謝獵人哥哥，要不是他，可能會發生傷害某一方的大事情呢。

感謝獵人哥哥，怎樣表示心意呢？老黑熊想了想：「獵人哥哥最愛花，送一棵高雅的花樹，會更有意義。」沒過幾天，牠從山前的一片坡上找到了一棵梅花，就把梅花送給了獵人哥哥。

但老熊不知道的是，牠的這棵梅花招了花蝨子。

老黑熊把梅花送來，獵人哥哥感謝了老黑熊後，也沒有細看，就把那棵梅花栽在了花棚裡。

進了溫暖的大棚，梅花枝上的花蝨子們可高興了，多麼溫暖的地方啊，牠們不停歇地繁育著自己的小寶寶，不長時間，那小小的花蝨子就占滿了梅枝，然後，爬到了雪塔的枝上。

「哦，這哪兒來的壞蛋！」當獵人哥哥發現的時候，他的茶花雪塔已經很痛苦，葉片萎縮，枝子有些乾枯。

獵人哥哥想盡法子拯救他的雪塔，他請來花大姐，請來赤眼蜂，花大姐和赤眼蜂看了後，都束手無策。

獵人哥哥又弄來了苦楝子的果球搗碎，塗在上面，也無濟於事。其他辦法不行，獵人哥哥就用手把一隻隻的花蝨子弄掉。但密密麻麻的花蝨子怎麼也拿不完，今天拿去了這幾片葉子上的，明天那幾片葉子上又滿滿地趴著那些可惡的小傢伙。最後，美麗的山茶花雪塔在不堪忍受的巨大痛苦中枯萎，死掉了。

送者好心，但有了反作用，獵人哥哥的那棵雪塔死掉了，獵人哥哥心疼得幾夜沒有睡好覺。

56・摘月亮

小姑娘靈歌頭髮黑黑的，大大的一雙眼睛，她三歲半，手中拿一顆大橘子。

月亮升起來，多麼皎潔的月亮啊，小姑娘靈歌看著獵人哥哥，用天真的童音說：「月亮比我手中的橘子大，是嗎？」

獵人哥哥說：「是的，月亮就是你手裡的大橘子變的，它結在特大的一棵橘樹上。」

靈歌看了看手中的橘子，再看看月亮，她對獵人哥哥說：「你爬到那棵大橘樹上，為我摘那個比橘子還大的大月亮好嗎？」

獵人哥哥看看月亮，笑著問她：「月亮掛在大樹上多好啊，它給我們帶來柔柔的光，讓我們感到溫馨，為什麼要摘下來呢？」

小靈歌說：「我要抱著月亮睡覺。」

獵人哥哥親切地撫摸著她的頭髮，解釋說：「那棵橘樹很高，我至今還沒有爬過那麼高的大樹，如果要上到那棵大樹上去，我需要好好練習爬樹才行。」
「你什麼時候能練好爬樹啊？」小姑娘又問。
「得用好長好長的時間啊。」獵人哥哥告訴她。
「但我現在就想要你摘。」小姑娘說。
「我沒有練好爬這麼高的樹，你不怕我掉下來嗎？」獵人哥哥說，「掉下來可會把我摔傷的啊。沒有把握的事情就不要做，有了把握後，就要勇敢地去做。」
「可我真的想要。」小姑娘說這話的時候，三歲半的她有些無可奈何。
多麼純真的孩子啊，獵人哥哥看著小靈歌，他不忍心讓一個孩子在盼望中失落，於是他說：「哦，讓我想想辦法好嗎？」
小靈歌的眼睛裡立時有了光芒，她高興地說：「好啊。你不會爬樹，但你會飛，你快長出一雙翅膀，飛上去把它抱下來也行啊。」
「好的，那你要好好看看大樹上月亮的樣子，今天晚上，我會給你摘下來的。」
小姑娘聽了，眼睛一眨不眨地一次次看著月亮，看著看著，她溫馨地笑了。
晚上，小靈歌夢到了獵人哥哥給她摘來了那個大月亮，她抱著月亮，睡得又香又甜。
獵人哥哥與三歲半的孩子靈歌交往，從中摘到了幾分天真，拾到了滿耳滿心的童音，心中多了一份清純、童趣，讓他心中也升起了一枚圓圓的月亮。

兒童文學26　PG1365

森林家族

作者／劉京科
責任編輯／徐佑驊
圖文排版／周好靜
封面設計／葉力安
出版策劃／秀威少年
製作發行／秀威資訊科技股份有限公司
114 台北市內湖區瑞光路76巷65號1樓
電話：+886-2-2796-3638
傳真：+886-2-2796-1377
服務信箱：service@showwe.com.tw
http://www.showwe.com.tw

郵政劃撥／19563868
戶名：秀威資訊科技股份有限公司
展售門市／國家書店【松江門市】
104 台北市中山區松江路209號1樓
電話：+886-2-2518-0207
傳真：+886-2-2518-0778

網路訂購／秀威網路書店：http://www.bodbooks.com.tw
國家網路書店：http://www.govbooks.com.tw
法律顧問／毛國樑　律師

總經銷／聯寶國際文化事業有限公司
221新北市汐止區康寧街169巷27號8樓
電話：+886-2-2695-4083
傳真：+886-2-2695-4087

出版日期／2017年1月　BOD一版　**定價**／250元
ISBN／978-986-5731-68-7

秀威少年
SHOWWE YOUNG

國家圖書館出版品預行編目

森林家族 / 劉京科著. -- 一版. -- 臺北市 : 秀威少年, 2017.01

面；　公分. -- (兒童文學 ; 26)

BOD版

ISBN 978-986-5731-68-7(平裝)

859.6　　105021835

讀者回函卡

感謝您購買本書，為提升服務品質，請填妥以下資料，將讀者回函卡直接寄回或傳真本公司，收到您的寶貴意見後，我們會收藏記錄及檢討，謝謝！
如您需要了解本公司最新出版書目、購書優惠或企劃活動，歡迎您上網查詢或下載相關資料：http:// www.showwe.com.tw

您購買的書名：________________________________

出生日期：________年________月________日

學歷：□高中(含)以下　□大專　□研究所(含)以上

職業：□製造業　□金融業　□資訊業　□軍警　□傳播業　□自由業
　　　□服務業　□公務員　□教職　□學生　□家管　□其它_____

購書地點：□網路書店　□實體書店　□書展　□郵購　□贈閱　□其他

您從何得知本書的消息？
　□網路書店　□實體書店　□網路搜尋　□電子報　□書訊　□雜誌
　□傳播媒體　□親友推薦　□網站推薦　□部落格　□其他__________

您對本書的評價：（請填代號　1.非常滿意　2.滿意　3.尚可　4.再改進）
　封面設計____　版面編排____　內容____　文／譯筆____　價格____

讀完書後您覺得：
　□很有收穫　□有收穫　□收穫不多　□沒收穫

對我們的建議：________________________________

____

____

____

請貼
郵票

11466
台北市內湖區瑞光路 76 巷 65 號 1 樓

秀威資訊科技股份有限公司 收

BOD 數位出版事業部

....

（請沿線對折寄回，謝謝！）

姓　　名：________________　　年齡：________　　性別：□女　□男

郵遞區號：□□□□□

地　　址：____

聯絡電話：(日) ________________　(夜) ________________

E-mail：____